魔豆

我，精靈王，缺錢！

Elf foods and save the world!

05

醉琉璃——著

我，精靈王，缺錢！

05

目錄

楔子

一束束夜光菊倒掛在石頭鑿刻的穹頂之下。

藍白幽光將石壁上的獸首映照得倍添猙獰，好似隨時會化作活物，張牙舞爪地撲躍出來。

凡是窗扇的位置都被厚重簾幕遮得密密實實，不透光的布料讓室外光線難以進入，也使得室內唯有夜光菊散發的微亮。

在這堪稱封閉陰暗的議事廳內，一群俊男美女圍坐在長桌兩側。他們身材削瘦、膚色蒼白，五官輪廓特別鮮明，臉上的表情卻顯得僵硬，彷彿極少事情能令他們動容。

當他們不言不語，乍看下有如一群雕塑坐在一起。

端坐在首位的則是一名紫髮銀瞳的女人，一頭長髮披散在後，耳邊的髮絲綁成細辮，煙灰色的長裙將她包覆得緊密，衣領遮住了脖頸，玫瑰刺繡從腰身到裙襬一路朝下盛綻。

可她卻沒有被這身過度華麗的花飾吞沒，反倒更突顯出她冰冷高貴的氣質。

暗夜族女王和她的臣下正在商量族內大事。

他們的聲音又輕又平，幾乎聽不出起伏，替這本就古怪的氣氛增加一絲詭異，不免令人心生惴慄。

當事情商議到一段落，女王席維若拉淡然地掃過眾人一圈，確定其他人不再提出異議，她率先舉起了自己的玻璃杯。

見狀，幾位暗夜族的長老也隨之拿起手邊的玻璃杯，杯裡鮮紅的液體跟著晃動幾圈，表面閃耀著魅惑的色澤。

在空中做了個碰杯的動作後，他們舉杯大口喝下，隱約能從唇間窺見森白的尖牙。

隨著杯子放回，男男女女唇上都留下了一點殷紅，像是不經意間抹上的一抹鮮血。

「那麼，今天就……」席維若拉最後的話語尚未落下，緊閉的大門忽然被人從外頭打開。

「砰」的一聲，一道嬌小得不可思議的人影猝不及防地闖入。

「公主殿下！」後面跟著進來的除了緊追著小女孩、想趕緊帶她出去的紅髮女法師，還有先前一直被阻擋在外的燦爛陽光。

猛烈光線一股腦湧進，將議事廳的陰暗一下驅逐大半，同時也霸道地佔據了地板、長桌、牆壁，甚至來到了裡頭人們的臉上。

原本面無表情的男男女女瞬間有了劇烈反應，不是慘號連連，就是摀著臉匆匆閃進角落，視陽光如毒蛇猛獸。

「啊啊啊，太陽！」

「是太陽！」

「要瞎了！我的眼睛——我的眼睛——」

他們動作飛速，一時全竄到陽光照不到的地方，好像只要沾上一點，就會在頃刻間灰飛煙滅。

先前仍一副高雅冷淡模樣的暗夜族人，此刻就像是瑟縮著身體、可憐兮兮嗷叫的毛團動物。

這偌大的反差蘿麗塔早就見怪不怪，可以說是習以爲常了。

她邁動小腿，噠噠噠地朝前方奔去，跑到一半像是嫌累了，背後張開一雙金黃色、表面覆著絨毛的蝙蝠翅膀，拍振幾下便降落在自己母親的大腿上。

蘿麗塔乖乖不動、不說話的時候，就像尊小巧精緻的洋娃娃。深紫色的長髮中有幾束綁成細細的辮子，繫著精美的花飾，暗色洋裝被層層蕾絲包圍著，腳上還套了一雙小靴子。

但她除了睡覺以外的時間，大部分都是不太乖的。

她在席維若拉的腿上一點也不安分，反倒像條毛毛蟲扭來扭去，直到被席維若拉面無表情地打了一下屁股。

就算屁股上挨了那麼一下，蘿麗塔還是一副歡快的模樣，她鎖定住母親手邊的玻璃杯，尚餘半杯的鮮紅飲料讓她雙眼驟亮。

她連忙抱住那個對她如今的體型有點大的杯子，就著杯緣「咕嚕咕嚕」地喝了好幾大口。

「還是兔兔牌番茄汁最好喝了！」蘿麗塔心滿意足地舔舔嘴巴，「母親大人，再來一杯、再來一杯，多喝我才能長大！」

「在妳長大之前，妳就先長成一個胖子。」席維若拉絲毫沒打算顧及女兒的面子，

「蘿麗塔，妳的裙子被撐得快變形了。」

「沒有沒有，我還是個苗條的小公主呀。」蘿麗塔不承認自己的腰間有長肉，她環視著慢吞吞回到位子上的一群成年人們，眉毛皺了起來，「母親大人和長老叔叔、阿姨昨晚又熬夜沒睡覺了。爲什麼不睡覺?像我都很會睡的。」

「熬夜不睡是成熟暗夜族的浪漫，妳還小，妳不懂。」暗夜族女王依舊優雅鎮定，好像先前在大門打開時嗷嗷哀叫的人群中沒有她一樣，「佩琪，把蘿麗塔抱走。」

被點到名的紅髮女法師趕緊上前。

「陛下。」佩琪有絲緊張地行禮，是她看顧不力，才會讓小公主闖進了會議之中，「請陛下見諒，是我的……」

「不是妳的錯。」席維若拉輕輕一擺手，阻止了佩琪尚未出口的自責。

畢竟未成年的暗夜族性情好動，活潑得很，扣除掉睡眠時間，他們不是在爲別人製造麻煩，就是在前往爲他人製造麻煩的路上。

簡直就跟沒有繫上項圈便會跑得不見蹤影的小狗一樣。

「反正也不是她不能知道的事。」席維若拉將背向後靠，蒼白的指尖輕輕地敲著桌面，「雖然時間還沒到，但我們還是得提早做更多的準備才好。」

「暗潮又要來了嗎？」蘿麗塔眼中流露一瞬的不安。

她雖然年紀小，但畢竟是下一任族長繼承人，族裡的大事也都知悉得一清二楚。

每隔兩百年，被族裡稱之爲「暗潮」的災害就會捲土重來，如果沒有抵禦成功，將會爲暗夜族帶來莫大的傷害。

「別擔心。」席維若拉安慰女兒的語氣仍是冷冰冰的，如同不融的冬雪，「只要我們做足準備，聖蛇就會保護我們……記得今天不准再給她喝番茄汁，番茄蛋糕也不行，我可不希望我女兒眞的胖得像顆球。」

「就說不胖了，母親大人眼花看錯了。」蘿麗塔嘀嘀咕咕地抱怨，雙臂自動往前伸出，落入了佩琪的懷抱。

「去吧。」席維若拉下令，她聲音平淡，卻強而有力，每一字都充滿著力量，「派人前往南大陸的各個冒險公會分部，請他們發布暗夜族的委託——」

「陛下，塔爾分部可以交由我們負責。」佩琪抱好蘿麗塔，向席維若拉自薦，「伊迪亞正好就在塔爾附近，我可以馬上聯絡他，讓他立刻前往塔爾分部。」

佩琪會如此自告奮勇不是沒有理由的。

她與另外兩位暗夜族一塊組成暗夜冒險團，她口中所提的伊迪亞便是他們的團長。由冒險獵人和塔爾分部直接接觸，那是最方便不過的事了。

席維若拉點點頭，採納了佩琪的建議。

在女王的一聲令下，議事廳裡的暗夜族人身形一變，修長的人影轉眼成了一顆又一顆黑毛球。

連接著薄膜的翅膀從他們身上張開，那原來是一隻隻漆黑蝙蝠。

蝙蝠群迅雷不及掩耳地朝外飛出，一晃眼便消失得無影無蹤。

待蘿麗塔跟著佩琪離開、議事廳獨留席維若拉一人後，她揉揉有些發僵的肩頸，從坐了一整夜的位子上離開。

既然天都亮了，要事也分派得差不多，那麼成熟的暗夜族也該去睡了。

早（早上）睡早（凌晨）起也是大人的浪漫。

第1章

半夜時分，正是好夢正酣的時刻，翡翠卻突然自夢中驚醒。

疑似是他前世記憶的畫面又出現了，依舊是那幾個已經稱得上熟悉的片段。

燈火通明，高樓林立的都市。

站立著眾多畢業生的大草原。

如水墨暈散開的黑色影子。

它們勾勒出許多怪異的形狀，像火焰、像漩渦、像鋒銳的武器，毫不留情地將更闃黑的歪曲人形撕裂。

他感覺自己也在那些黑色影子當中，一併斬殺著那些扭曲的存在。

下一秒又成了躺在血泊中的黑長髮身影。

破碎的照後鏡映出覆滿血跡的年輕臉孔，微張著的眼瞳失去了生氣。

最後，又回到了一所學校門口。

人物都還是模模糊糊，可隨著作夢次數的增加，裡頭出現的景物輪廓逐漸變得更加明晰。

但還是沒什麼太大的用處。

即使讓他看清楚學校大門的細節，他還是回想不起丁點跟那裡有關的回憶，頂多心裡有個推測，也許他曾在那念過書，否則這間學校不會三不五時地跳出來刷存在感。

腦中紊亂的思緒平復下來，翡翠閉上眼睛再張開。一雙紫眸毫無焦距地望向上方，半晌後清明漸漸回籠，映入眼中的景象也開始轉爲清晰。

雪川木紋的天花板提醒了他猶在自個兒房間的事實。

對，是屬於翡翠自己的房間。

他們終於不用再擠在旅館的一間客房內，而是在塔爾市擁有了一間落腳的屋子。

三房兩廳的兩層樓，雖然座落位置離市區偏遠了些，但勝在安靜清幽，租金也相對便宜，否則依翡翠他們幾乎留不住多少錢的狀況，要租個大房子還是有些難度。

唯一的問題大概就是……

明明不只一間臥房，偏偏除了縹碧之外，所有人對其他房間都視若無睹，還是全跟他擠在了一塊。

小精靈們還情有可原。

畢竟他們剛出生沒多久，就算外表年紀相當於七、八歲的孩童，但可以說其實都還是寶寶。而且他們還需要翡翠更多的愛，誰也不想離開他們的王。

可是斯利斐爾就很佔位置了。

對此，斯利斐爾提出了冷靜合理的解釋。

「在下要預防您睡昏頭，半睡半醒間將您的子民們誤認爲包子或饅頭吃下肚。」

太沒禮貌了，他是那種精靈嗎？

翡翠很不滿，就算他把桑回、縹碧、斯利斐爾，還有紫羅蘭，都看作是預備菜單，也絕不會把他對小精靈們的感情錯當成食欲。

翡翠做了一個綿長的深呼吸，躁動的思緒終於再度平復下來。

他翻了一個身，想重新投入睡眠的懷抱，可準備要閉上的眼睛卻看見了一幕奇妙的畫面。

瑪瑙不知道什麼時候也醒了，他不曉得翡翠也醒過來，還把他的小動作看個正著。

主臥室的床鋪是特地買的加大尺寸，塞三個翡翠都不成問題，自然也能躺上三名小精靈。

原本大床上是躺著翡翠、珊瑚和瑪瑙。

珍珠睡覺時喜歡享受清靜，所以她的床位是在床頭櫃上的小籃子，裡面鋪著柔軟的棉絮和花瓣。

至於斯利斐爾則睡在另一張單人床。

以爲早該熟睡的白髮小精靈撅著小屁股，賣力地拉扯著被珊瑚睡到身下的小被子。

他一點一點地拉動著，又儘可能小心翼翼地不驚動睡得正香的珊瑚。

珊瑚睡姿豪邁，像個歪掉的大字形。

她通常不會睡在翡翠身上，以免她的小拳頭或小腳丫不自覺地攻擊到翡翠，那她可會心疼死。

「瑪瑙？」翡翠以氣音說話。

突如其來的聲音嚇到了瑪瑙。

巴掌大的小人以肉眼可見的速度僵住，接著再飛快轉過身。

「翠翠。」金黃的眸子在黑夜裡像會發光。

「你這是在……」翡翠看不清瑪瑙方才究竟在做什麼。

「在幫珊瑚蓋好被子。」瑪瑙軟軟地說，「她睡覺都不老實，還好幾次踢到我，不過她要是感冒就不好了，不能讓翠翠擔心的。」

翡翠伸手摸摸瑪瑙的頭髮，讚許他友愛同伴的行為，又往床頭邊摸出一條備用小被子，蓋在了珊瑚的肚子上。

「瑪瑙最乖了，趕緊睡覺吧，太晚睡會長不高的。」

「嗯嗯，翠翠晚安。」

一等翡翠躺回去，瑪瑙轉過身，甜甜的笑臉迅速消失無蹤。他鼓了鼓腮幫子，不高興地看著猶然呼呼大睡的珊瑚。

本來想藉著扯動被子，順勢讓珊瑚滾呀滾呀……一路滾到地板上的。

這張床怎麼看都只適合他和翠翠兩個人一起睡而已。

「算了，明天還是有機會的。明天沒有，那也會有後天、大後天……」瑪瑙今晚果斷收手，輕巧地爬回翡翠胸前，鑽進了他睡衣的口袋，聽著他規律的心跳進入了夢鄉。

隨著深秋的到來，法法依特南大陸也終於迎來了幾分涼意。

只要碰上錫伍日，塔爾分部就會格外冷清，鮮少會有冒險獵人或是委託人上門。畢竟大部分人都不想要和一堆骷髏爲伍，更擔心自己會不會不知不覺也成了那些骷髏的預備軍。

被灰翳粟盯上的話，可是會連骨頭縫深處都能感受到有如寒風灌入的陰冷。

雖然今日的塔爾分部可謂乏人問津，但終究是上班日，三名負責人沒有拋卻自己的職責，依舊坐鎮在公會大廳內。

除了……拿來當接洽櫃台使用的長桌此刻鋪著雪白桌巾。

上面排滿多份擺盤華麗的泡芙塔，切成不規則形狀的水果在盤面上散落，金黃的桃片、艷紅的草莓、紫藍的藍莓，組合在一起好似繽紛的花圃。

大約一枚晶幣大小的金黃泡芙如小山般點綴在一起，表面裹著晶亮的糖漿，撒上點點的雪白糖粒。泡芙與泡芙之間以一圈圈榛果奶油裝飾，泡芙裡頭塡滿的則是咖啡奶酒餡料。一口咬下，咖啡混著美酒的香氣柔滑地在舌頭上舞動，榛果的甜味中和了咖啡奶酒微苦的尾韻，讓一切味道融成一首和諧曼妙的圓舞曲。
完美的下午茶除了甜點外，茶茗自是不可或缺。
沏得香醇清甜的一大壺紅茶就擺在最旁邊。
紅茶和甜食，這就是灰罌粟的最愛。
當然如果要比優先程度，美味的紅茶勝過一切。
她是一個沒有紅茶就活不下去的亡靈法師。
既然無人上門，灰罌粟認為他們也該為自己找點事情做，下午茶就是最棒的選擇。
布置完下午茶的骷髏們依然勤勞得像隻小蜜蜂，它們孜孜不倦地擦窗掃地，替骨頭小盆栽澆水，立志要將塔爾分部打掃到一塵不染，每一處都亮晶晶。
可以說是相當有潔癖的一群骷髏了。
在這群骷髏的環繞下，灰髮妖嬈的蒼白女人端坐在中央，等待著左右兩側的兩名少年為她服務。
一身黑服與一身白衣的少年們如同鏡裡鏡外的倒影，除了髮色瞳色，以及身上衣飾之外，從他們的外貌找不出絲毫差異。

黑薔薇為灰罌粟從泡芙塔上取下幾顆小泡芙。

白薔薇為灰罌粟斟倒著紅茶。

這畫面落在來訪的翡翠眼中，只覺眼前跳出了四個大字。

左、擁、右、抱。

啊啊，不愧是灰罌粟。

「斯利斐爾，你應該也能變出分身吧。」翡翠興致勃勃地在腦內戳著聊天同伴，「下次也變成兩個鬆餅，一個讓我咬，一個讓我摸，你覺得怎樣？」

「在下覺得您是在想怎麼死。」斯利斐爾用最溫柔的語氣說出最冷酷的話語，「不過現在，似乎有人比在下更想著讓您怎麼死呢。」

就像是在呼應斯利斐爾的警告，灰罌粟手中的銀叉在盤子上粗魯刮過，留下一道刺耳聲響。

「黑薔薇說，歡迎你們來，今天的點心很不錯，你們可以多吃一點。」白薔薇將倒好的紅茶遞給灰罌粟，又替黑薔薇倒了一杯，「你們簡直像嗅到血腥就找上門的鬣狗，大概可以榮登我們分部最不想見到的人物吧——這句話是我說的。為什麼不多學學你們那位不見人影的同伴呢？這句話也是我說的。」

「縹碧他自己到別處玩了。其實我比較想知道……」翡翠主動上前，向爲自己拉來椅子的骷髏道了聲謝，「你們倆又沒站在一起，黑薔薇是怎麼跟你說悄悄話的？」

白薔薇的笑容莫測高深，「你不懂的心靈交流。」

黑薔薇已經從灰罌粟的左側移到了白薔薇身後，垂著眼，神情靦腆，看起來溫馴又無害。

翡翠點點頭，露出「我不是很懂，但我偏偏要裝成我聽懂」的表情，他瞄見灰罌粟握著銀叉的手指收緊，似乎下一秒就要往他臉上扔來。

翡翠以最快速度解下他的包包，輕敲了敲袋蓋，一顆白色小腦袋立刻探了出來。

「……看在小孩子的份上。」灰罌粟打消了扔出叉子的念頭，但面對老是上門蹭吃蹭喝的糟糕大人，她依然面如寒霜，眼裡的冷意彷彿是凜冬提早降臨。

翡翠早習以爲常，反正散發冷氣這功能斯利斐爾也時常展現，冷著冷著就習慣了。

而且灰罌粟就算想要謀殺他，也會顧忌著小朋友還在場。簡單來說，他等於是現在有個免死金牌在身上。

「翠翠叫我嗎？我來了了了！嘿哈！」珊瑚精神十足地跳上桌面，眼神灼灼，像個熱力永不滅的小太陽，「翠翠，我跟你說喔，我在睡覺的時候又想到一個超棒的必殺絕招。以後有壞人出現的時候，我可以先躲在你的頭髮裡，然後像個最厲害的子彈──咻！砰！磅！把敵人打得屁滾尿流！」

「在下會建議妳換成落花流水。」斯利斐爾平靜地糾正，「妳用的那幾字太不優雅了。」

「沒聽到，珊瑚我不知道你在說什麼。」珊瑚別過臉，吹著口哨，「珊瑚從頭到尾就是優雅的代名詞喔。」

斯利斐爾射向翡翠的眼神含著凌厲的指責：看看您把孩子教成什麼樣！

翡翠只想大喊冤枉，這分明是鍋從天上砸！

小精靈們可是孵出蛋就天生具備著各種知識、常識，包括魔法能力在內。哪是他亂教，他最多也只教他們美食是全世界最棒、最療癒的存在了。

「翠翠的頭是我的。」瑪瑙剛伸著懶腰從包包裡探出頭，就聽到珊瑚妄圖侵佔他領地的宣言，一張可愛臉蛋登時垮下。

搶什麼都可以，搶翡翠就絕對不能忍。

翡翠下意識摸摸自己的腦袋，瑪瑙這發言聽起來還挺嚇人的。

「珍珠呢？」翡翠以爲還會有第三道迷你身影爬出來，等了半晌卻沒有。

「珍珠說外面太吵，她要繼續睡覺，她喜歡待在安靜的地方。我就不覺得吵啊，只要是翠翠的聲音，就什麼都是好的。」瑪瑙抱著翡翠的手指，說著甜言蜜語。

被誤認爲掌心妖精的小精靈們在塔爾分部是極受歡迎的。

不只灰罌粟冷淡的眉眼柔和下來，就連白薔薇也主動拿了兩顆小泡芙放到他們面前，這可是連翡翠都沒享受過的待遇。

珊瑚馬上被轉移了注意力，她正想要抱起一顆小泡芙大口啃下，眼前的點心突然消失不見。

「翠翠吃。」瑪瑙把盤子努力推向翡翠，仰頭又是甜甜的笑臉。

「那是珊瑚的！」珊瑚不禁跳腳。

「妳難道不心疼翠翠？」瑪瑙義正辭嚴地問道：「妳不想要讓翠翠吃到好吃的東西嗎？」

珊瑚陷入了左右爲難，感覺瑪瑙說的對，但好像又有哪邊怪怪的。

翡翠再怎麼愛吃，也不會跟自己養的小精靈搶。他伸出食指，想將盤子推回去，可瑪瑙立即露出泫然欲泣的眼神，好似自己不肯接受，就會令對方傷心欲絕。

「泡芙還有很多，餓不死翡翠的。」灰鼹粟看不下去，扔了把叉子給翡翠，當然沒有對著他的臉扔，「瑪瑙你別什麼事都想著翡翠。」

「但我就只想想著翠翠呀。」瑪瑙天眞地說著。

感覺養孩子眞的太値得了，翡翠看著瑪瑙的目光盛滿父愛光輝。

「你將來大概會被瑪瑙吃得死死的。」白薔薇又揚起高深的微笑。

「反正他是我家的嘛，吃死死也沒關係。」翡翠隨口回應，沒當一回事。他的目光黏在了泡芙塔上，思索著要從哪一顆下手。

每一顆看上去都閃閃發亮，閃爍著誘人的光澤，似乎在叫他別厚此薄彼，最好是雨露均霑，把它們全都吃下肚。

「所以你是來做什麼的？專門來蹭吃蹭喝嗎？」見翡翠埋頭一心消滅泡芙，灰鼹粟沒好氣地質問道。

「不是，我是來關切一下我的委託進度。」翡翠頭也不抬地說，「然後就碰巧吃到了泡芙。這一切都是眞神的意志指引的，是眞神告訴我今天該來拜訪你們的。」

灰罌粟本來要送至唇邊的茶杯停在半空，「你們跟他說了？」

灰罌粟問得沒頭沒尾，黑薔薇和白薔薇卻能心領神會，接著不約而同地搖搖頭。

「要跟我說什麼？」翡翠又拿起一顆咖啡奶酒小泡芙。

「你的委託進度。」灰罌粟把紅茶放下，朝白薔薇使了一記眼色，後者短暫地離開片刻，「有消息了。」

翡翠震驚得泡芙都掉了。

瑪瑙精準地撲過去，接住泡芙還給翡翠。

翡翠還在一臉恍神，要不是斯利斐爾眼疾手快地阻止，他險些將瑪瑙連同泡芙一口咬下去。

瑪瑙鼓起臉頰，暗暗地瞪了斯利斐爾一眼。他差點就能達成被翡翠吃下肚，和對方融爲一體的願望了。

「怎麼了？」灰罌粟不清楚翡翠的反應怎麼那麼大，「眞神給了你指示不好嗎？」

「咳，不是。我這只是……在讚歎眞神的偉大。」翡翠收起震驚，臉不紅、氣不喘地說道：「相信眞神下一次也會再給我正確的指引，讓我前往正確的方向。」

灰罌粟和黑薔薇相信了翡翠的說詞。

只有斯利斐爾清楚，這位精靈王根本是仗著人家眞神睡著了無法反駁，全程睜眼說瞎話。

有關翡翠的委託，灰罌粟也是知道內情的。

雖說是白薔薇自己應允，但他們三個負責人之間不分彼此，因而也可以算作是塔爾分部所接下的。

翡翠拜託他們查探的，是黑雪。

沒有更進一步的描述，只有「黑色的雪」這個籠統的稱呼。

縱使是號稱情報網遍布全大陸的冒險公會，對這項委託也感到相當棘手。

要不是相信翡翠不會隨意編個假造的東西，恐怕他們都要質疑黑雪是否存在了。

而前日傳回來的情報，也證實了翡翠所言的確非假。

白薔薇很快返回大廳，他將一封信放到翡翠面前，「這是從加雅分部送過來的。」

翡翠直接拆開，信裡寫了許多，但歸納出的重點只有一個。

——有人在八天前，曾在西科附近目睹疑似黑雪的降臨。

翡翠第一時間想起西科是在哪裡，那個以燒烤和香料聞名的東北城鎮。

翡翠舔舔嘴唇，來到法法依特南大陸有幾個月了，至今還抽不出時間前往那邊享受燒烤大餐。

如今機會就在眼前，他們的下一個行程等於是命運安排好了。

翡翠腦中開始浮現各種美味的烤肉串、烤蔬菜、烤海鮮……啊，這個不行，劃掉。

他迫不及待地想知道有沒有什麼和西科相關的委託能接，這樣還可以順便賺個錢。

他可真是一位懂得養家的精靈王。

「現在有沒有什麼事少錢多，然後可以順便到西科的委託？」翡翠期待無比地看著三位負責人。

就算翡翠長得再美，還是自己預定的骷髏預備軍，但灰罌粟還是很想把這個得寸進尺的傢伙抓住，讓他的臉跟桌面磨擦一下，看他的臉皮究竟能有多厚。

黑薔薇拉拉白薔薇的袖角，拊在他的耳邊低語。

就在翡翠以爲黑薔薇那邊有答案的時候，白薔薇給出了令他意想不到的回答。

「在接新委託之前，你們是不是也該想個團隊名了？」

「團隊名？」翡翠一時反應不過來。

「冒險團的名字。」白薔薇溫和地說，「你們的隊伍也越來越壯大了，有個正式的團名來稱呼會更方便，而且也能讓委託人加深印象，以後說不定還能獲得指名委託，黑薔薇是這麼勸你們的。如果讓我來說的話，我相信你的厚臉皮就能讓人，甚至是骷髏們都印象深刻呢。」

「翠翠的臉皮才不厚，明明嫩嫩、滑滑的。」瑪瑙不高興地說，「就算你沒摸過，我也不會讓你摸的。」

「黑薔薇和白薔薇說的沒錯。」灰罌粟在白薔薇三字上特意加重語氣，以示她和白薔薇的看法一致。

翡翠之前都忙著賺錢養崽，還要應付不定時跳出來刷存在感的世界意志，如今聽灰罌粟他們一提，他也覺得該正視這件事了。

想當初只有他跟斯利斐爾成爲冒險獵人。

現在三個小精靈都孵出來了，還在上個月和他們一起完成馥曼城主的委託，在塔爾分部的同意下，也成功擁有了冒險獵人的資格。

五個人，用冒險團來稱呼的確會比較方便，翡翠也認同取名大業該放上計畫表了。

「你可以讓你們的冒險團擁有七位成員。」白薔薇體貼地建議，換來翡翠迷茫的眼神，「你的兩位朋友，路那利和思賓瑟，他們希望也能跟你搭檔，已經向我們塔爾報備過了。」

「等等，他們不是華格那的嗎？而且他們自己不就是一個小團體了？」

「小團體可以跟小團體融合在一起，變大團體。團裡的成員來自哪個分部，這之間也不會衝突。思賓瑟他們想成爲你們這裡的機動組員，平時他們會去忙自己的事，但你們有需要的時候，他們就會前來援助。」

聽起來好像不錯。

「更不錯的是，他們塞了一筆錢給我們，拜託我們說服你。只要你同意，這筆錢我們就兩方均分。」白薔薇端著清雅的笑意，將私下交易直接擺在了明面上。

「你覺得如何？」翡翠在腦內頻道聯絡斯利斐爾。

斯利斐爾的回應簡單粗暴，「路那利是您的僕人，您本就該盡情使用他。」

不，人家分明一開始只是想幫他做好保養工作而已，你還真的把對方的地位降到僕人去了？

翡翠內心同情了水之魔女幾秒鐘，轉頭直接興高采烈地答應了與白薔薇的分贓。

畢竟金錢的芬芳誰能抗拒得了，起碼他是萬萬不能的。

隊員確定得差不多，再來就得好好思考一下團隊的名字。

取名可是大事。

「叫偉大珊瑚冒險團！」珊瑚雙手扠腰，大聲地宣布。

「翠翠冒險團明明最好聽。」瑪瑙哼了一聲。

「瑪瑙，我們再換一個。」翡翠自認還沒自戀到這種程度，「我只喜歡聽你們喊我翠翠，讓其他人喊的話……」

「別人不能喊，翠翠是我們的。」瑪瑙馬上意識到這是一個大問題，他不允許外人藉此和翡翠拉近距離。

老實說，翡翠在取名上實在沒什麼天賦。

要不是有斯利斐爾，珊瑚和珍珠就得要頂著食物的名字行走在法法依特大陸上了。

雖然他到現在還是認爲珊瑚草和珍珠奶茶多好聽，還能促進食欲。

他無意識地摸摸自己的尖耳朵，精靈冒險團這個想法在他腦中一晃而過，轉眼又被否決掉。

不不，這樣太直白了。

即使精靈在法法依特大陸上已經成爲傳說中的幻想種，但萬一有人眞因此而盯上他們，那可不是一件有趣的事。

「黑薔薇說，可以想想能代表你們的東西，或是對你們意義非凡的事物。」白薔薇提供了黑薔薇的建議。

「代表的東西啊……寶石冒險團好像不錯？」翡翠目光落在瑪瑙臉上，又轉向斯利斐爾，後者名字的諧音在他們原世界有著銀色的意思，「我們有瑪瑙、珍珠、珊瑚、翡翠……」

「恕在下直言，這名字容易讓人產生誤會。」斯利斐爾平靜地打槍翡翠的意見，

「聽上去很適合叫人過來搶劫。」

「你意見好多喔，再吵我就取名叫鬆餅冒險團喔。」翡翠不高興了。

「那在下會殺了您的，而且在下只反駁一次而已，您所謂的多是毫無根據。」斯利斐爾心平氣和地回應。

兩隻小精靈沒多久就紛紛打起呵欠。

就算已經脫離金蛋階段，他們還是需要大量的睡眠，一天有三分之二的時間在睡覺都是正常的。

小精靈們必須睡飽睡滿，絕不能因溺愛就放任他們養成不良作息。

這是翡翠和斯利斐爾的共識，同時也嚴格地執行著。

「不要不要不要，珊瑚我一點都不想睡覺！」明明眼皮都快掉下來，珊瑚卻固執地打滾耍賴，一副「我就是要黏在桌上不起來」的模樣，「我覺得我精神好得不得了！」

「我不要妳覺得，我只要我覺得。我覺得妳得乖乖上床睡覺了。」翡翠溫柔地拎起珊瑚，下一秒雷厲風行地塞進包包，「瑪瑙，幫我盯好她。」

「好的，翠翠說什麼都好，翠翠晚安。」即使還是大白天，瑪瑙睡前還是習慣說晚安，「要在我夢中出現喔。」

翡翠失笑，看著瑪瑙乖巧地回到背包裡面。

在外頭看不見的情況下，瑪瑙一改給人小甜心的印象，冷酷無情地鎮壓住還想偷溜的珊瑚。

他比珊瑚早破殼出蛋，吸收的能量也比她來得多，體能方面，實際上比她強悍。

翡翠自然不知背包裡的暗潮洶湧，他想著瑪瑙剛說的話，心中的一根弦線驀然被觸動了。

夢。

他想到了夢中那所學校的名字。

……繁星高中。

感受著「繁星」兩字在舌尖上翻滾幾圈，翡翠倏地露出愉快的笑意。

「我想好了，就叫星星糖冒險團吧！」

既能呼應夢裡學校的名字，還能滿足他對食物的渴望。

聽起來好聽又好吃，太完美了。

但顯然斯利斐爾並不這麼想，「在下再給您一次機會。」

「不用給我機會，星星糖那麼可愛，你是哪裡看它不順眼？」

「如果您堅持，那這將會是您這三天的三餐。」斯利斐爾拿出裝滿晶幣的錢袋。

在別人眼中，只會以爲這袋錢幣是翡翠的伙食費。

可翡翠清楚斯利斐爾的手段。

那分明是在告訴他，他的堅持將會換來這三天只能吃晶幣，其他想都別想的下場。

「請務必再給我一次機會！」翡翠果斷地拋棄堅持，瞬間投降，反正那種東西也不能吃，「我覺得叫繁星冒險團更好聽！」

斯利斐爾同意了翡翠的說法，錢袋被他收了起來。

然後這個成立不到幾秒的新冒險團，就接到了他們的第一件任務。

來自世界意志。

「世界任務發布，請在十五天內進入西南方的彩虹河裡。」

第2章

「縹碧！」

一聲呼喚冷不防在黑髮少年耳邊浮現。

可實際上，他的身旁並沒有任何人。

髮梢像纏著火焰的少年此刻坐在高聳的屋頂上——他也不曉得是誰的家，反正這片屋頂剛好合他的意，他就坐下了。

在縹碧之塔裡睡了差不多兩百多年，縹碧對塔外的任何地方都相當感興趣。即使是讓他枯坐在戶外半天，他也同樣能怡然自得。

當然，如果沒有那個聲音的干擾就更好了。

只響起一次的叫喚沒有讓縹碧放在心上，他伸伸懶腰，往陽光最強的方向看過去。

刺眼的光線對他的視覺並不會造成任何影響，他甚至可以看得更清楚，將沐浴在金艷日光底下的景物細節盡收在他的眼底。

即使他的雙眼被紅色布條蒙住，也不妨礙視物。

縹碧還想再多做日光浴一會，這種天氣待在屋頂上曬太陽相當舒服，只可惜他的悠閒時光不到片刻就被破壞殆盡。

「縹碧、縹碧、縹碧、縹碧、縹碧、縹碧碧碧碧——」

以爲消停了的喊聲再度出現，次數頻繁得簡直像有一群野貓在他腦子瘋狂喵喵叫，也許還要再加上瘋狂撓爪子的聲音。

「縹碧碧碧碧碧，快回來塔爾分部，不然你就等著成爲大果凍吧！我記得你今天是桂花味的，我愛桂花果凍，縹碧你聽見了沒有？」

縹碧只覺頭要炸了。

他猛地站起身，太陽不想曬了，風也不想吹了，他要去扼止那個該死的噪音源頭！

縹碧從高處靈巧地一躍而下，被寬鬆袍子包裹的身軀宛如羽毛輕盈，保持著緩慢的速度優雅落在地上。

陽光穿過他半透明的身影，饒是明亮的秋陽也沒辦法讓他在地上留下影子。

縹碧捫心自問，他當初和翡翠締約是正確的嗎？爲什麼時間越久，他越覺得像是搬石頭砸自己的腳？

還是塊巨大又沉重無比的石頭，導致他想搬離都搬不動，只能認命地繼續跟在翡翠身邊。

縹碧的身影從半透明化為凝實，自然而然地融入了人群中，誰也不會察覺到從自己身邊經過的會是一名亡者。

街道上人聲嚷嚷，但這些聲音和方才的呼叫聲比起來，簡直是小巫見大巫。

就算已經不再是這片大陸上的生物，縹碧還是忍不住想說聲「眞神保佑」，翡翠在扔出了通牒之後就安分地不再發出聲音。

否則他就得忍受自己腦子裡有一群發狂貓咪拚命地尖叫來彰顯存在感。

那太可怕了，連靈也難以承受。

現在腦袋裡平靜下來，縹碧的步伐也從容許多。

他的目的地是冒險公會，塔爾分部。

那幢尖塔式的漆黑建築物不論從何處望過去都極爲顯目，可以說是塔爾中央市區的代表地標。

縹碧隨手摸走了一個攤位上的糖葫蘆，然後讓自己與糖葫蘆一塊變得透明，無法確切地進入他人的視野中。

零食攤上的老闆摸了摸自己髮量稀疏的後腦勺，狐疑地想著自己剛剛是不是點錯了糖葫蘆的數量，不然怎會無緣無故少一根？

他沒想過自己的東西是被偷走了，畢竟他在這擺攤多年，至今沒有哪個小偷能成功從他這偷走任何零食。

縹碧毫無心理負擔地舔著澆淋在紅艷果實外的糖漿，融化在舌尖上的是一種粗糙劣等的甜味。

普通人會有的偷竊概念在縹碧這裡並不存在，他可是偉大的魔法師伊利葉留下的遺產。他身分高貴，他所做的一切對他人而言都應當是對方的榮幸。

通體漆黑的壯麗高塔很快就出現在前方。

縹碧心不在焉地咬開糖衣，酸李的味道迸現，驚人的酸度讓他的臉幾乎皺成一團。

他前天看到翡翠在吃這個，翡翠的表情明明很享受。

難道說，他的新主人就喜歡這種廉價又低水準的味道嗎？

縹碧心想自己得設法拉高一下新主人的品味，免得自己也會被劃分爲沒水準的那一類，那樣就有失他伊利葉遺產的面子了。

縹碧只咬了酸李幾口就不想再虐待自己的舌頭，他看也不看地將糖葫蘆往旁一扔。

這個連殺氣和惡意都沒有的暗器，就這麼剛好地砸到了旁邊毫無防備的金髮劍士頭上。

他發出了比起吃痛，更多的是困惑的低呼。

這聲音讓縹碧回過頭，身影瞬間也轉爲實體。

手裡還拿著暗器的金髮劍士正好目睹這一幕，不禁露出呆愣的表情，這讓他那張英武的面龐多了幾分傻氣。

數秒後，伊迪亞意識到這樣盯著人不太禮貌，他和善一笑，改爲隱晦地將面前的少年從頭打量到腳，在腳的地方多停留了一會。

眞神在上，他對那部位絕對沒有什麼特殊愛好，他會多看幾眼單純是因爲……那是離地的。

普通人類根本不可能飄在地上行走。

再聯想到這裡可是塔爾分部外，裡頭有一位負責人正好是亡靈法師，一個直覺猜想躍上了伊迪亞心頭。

「請問，你是灰罌粟小姐的契約者嗎？」伊迪亞客氣地詢問。

亡靈法師可以使役骷髏和死者靈魂，讓它們成爲自己的助手或下屬，而「契約者」是一個相對比較不冒犯的稱呼。

雖說灰罌粟把她的愛意和關注都放在骷髏身上，但說不定她哪一天突然想試試召喚亡靈。

因此伊迪亞才會這樣猜測縹碧的身分。

伊迪亞對自己的笑容和親和力相當有自信，他行走在大陸時就是靠著這兩項男女通殺，大部分人都會因此對他產生好感。

面前的契約者眼上蒙著紅布，但從他剛才的舉止來看，他肯定有自己的辦法來「看見」外界的人事物。

卻沒想到縹碧只是矜傲冷淡地轉過頭，連多餘的視線也懶得分過去，自顧自地就朝著黝黑的大門走。

「請、請等一下！」伊迪亞大吃一驚，一個箭步追上。

他還沒來得及探聽塔爾分部裡的狀況，他是第一次在錫伍日前來這座南之黑塔。在其他塔爾的冒險獵人口中，這一天的塔爾分部簡直比單獨面對十隻中高階魔物還要來得可怕。

可伊迪亞還是慢了一步，他看見縹碧甚至連門都沒打開，身子直接穿過了厚實的黑色門板，消失在他的視野當中。

伊迪亞猶豫不決地在門前繞了幾圈，最後深吸一口氣，義無反顧地推開大門。

隨著大門開啓的剎那，他聽見了縹碧清冷冷的聲音響起。

「這個應該是你們的客人。」

無預警冒出的少年聲音讓桌前眾人不約而同地轉過目光。

縹碧走路姿態優雅，像輕飄飄地滑過地面。

可只要仔細一觀，就會發現他的雙腳壓根沒眞正觸地，一直保持著懸浮的狀態。

翡翠臉上閃過露骨的遺憾，「……眞可惜，我還挺想吃桂花果凍的。」

現場除了他與縹碧，恐怕沒人猜得出他爲何會冒出這番沒頭沒尾的感慨。

喔，不對，斯利斐爾或許也猜得出來，他太了解翡翠對吃的執著。

縹碧的後背反射性竄過一陣惡寒，他實在不太想靠近一個連靈都想吃下肚的主人。

他決定和翡翠保持距離，重新複述一遍他剛說的話。

「這東西應該是你們的客人，你們分部的客人。」

灰罌粟挑挑眉梢，她本來都以爲今天註定不會有翡翠他們以外的人上門了。

「抱歉，打擾了……」從「這個」淪爲「這東西」的伊迪亞蒼白著臉，走進來的步伐如履薄冰，似乎他踏入的不是聞名遐邇的塔爾分部，而是某種恐怖怪物的巢穴。

所有人的視線集中在伊迪亞身上。

他是一名英俊的金髮劍士，穿著簡便的軟甲，腰間繫著佩劍，藍眼睛漂亮又深邃，金亮的髮絲宛如被陽光親吻過。只不過那些活動的骷髏讓他臉上失去不少血色，就連金髮似乎也褪色不少，跟著黯淡下來。

伊迪亞對這些冷冰冰、蒼白中又透著邪惡的骨頭天生有點畏懼。

就像有人害怕毛蟲或蟑螂，他怕的碰巧就是灰罌粟最喜歡在錫伍日召喚出來勞動的東西。

亡靈就還好，前提是它們不要神出鬼沒地出現。

不過隨著他發覺翡翠和斯利斐爾的存在，頓時大大地鬆口氣，心頭湧上了一絲見到熟人的安心。

「翡翠！」伊迪亞連忙快步走過去，人多的地方讓他更有安全感。

「請問你是……」相較於伊迪亞的熱情，翡翠則是面露疑惑，一時想不起自己在哪裡見過對方。

斯利斐爾給出了關鍵字，「兔兔牌番茄汁就是他們送的。」

「啊！」只要是和食物扯上關係，翡翠的腦筋就動得特別快，他一下就把與兔兔牌番茄汁有關的人物串聯起來，然後找到了眼前劍士的正確名字，「你是……伊迪亞？」

「真高興你還記得我。」伊迪亞找了個背對骷髏的位子坐下，朝三位負責人依序打了招呼。

「你的團員呢？」翡翠一回想起伊迪亞，其他相關的記憶頓時也跟著湧現出來。

伊迪亞是暗夜冒險團的團長，翡翠會和他們認識，得從幾個月前黑沼林那邊的事開始說起。

當時他與斯利斐爾接下了尋找傳家寶的委託，在黑沼林裡碰上被魔物攻擊的暗夜冒險團，之後眾人還一起在廢棄古堡中遭遇危險，最後帶著暗夜族的公主殿下一同脫離險境。

爲了報答他的救命之恩，暗夜冒險團至今還會不定時地寄來兔兔牌番茄汁。這可是他們暗夜族最受歡迎的飲料了，好東西自然要與救命恩人一起分享。

「佩琪、加爾罕，還有那位公主殿下呢？」翡翠問話的同時，不忘把更多的咖啡奶酒泡芙都移到自己盤內。

「只有我而已，我這陣子剛好有事都待在塔爾。」伊迪亞簡單地說明，「我這次過來，是想問問我族的委託狀況如何了。」

「你們有事要談的話，要我們避開嗎？」翡翠都做好把所有泡芙塔端走的準備了。

「沒關係、沒關係。」伊迪亞笑得一臉陽光燦爛，「翡翠你們最近有空嗎？要不要也接下我們暗夜族發布的委託？」

「沒事的話，你確實可以接一下。」灰罌粟同意伊迪亞的看法，「還有把泡芙給我放下。」

黑薔薇把自己的泡芙挪向白薔薇，又拊在他耳邊悄聲說話。

白薔薇二話不說地把泡芙吃掉，再笑吟吟地面向翡翠，「黑薔薇說，他的泡芙給你，不過我不同意。」

「你怎麼能這樣！」翡翠痛心疾首。

「我就是可以。」白薔薇無動於衷，繼續轉達黑薔薇傳述的內容，「黑薔薇說，暗夜族正在找冒險獵人們幫忙收集他們所需的重要物品，搜尋範圍就在浮光密林裡。那是他們的領地，安全性有一定程度的保障，酬勞也不低，很適合缺錢又要養家的你。」

「要找的東西就在他們領地內了，為什麼他們自己不去找，而要花錢找人來做這件事？」翡翠不是很理解這個邏輯。

「目標物是在白天出現，只是我們大部分的族人……嗯，不太習慣在白天活動。」伊迪亞給出了解答，「而且能花錢解決的事，當然是直接花錢最簡單了。」

翡翠表面維持笑意，內心感覺自己拳頭快硬了。

無意間炫富什麼的……真的很討厭啊，尤其是在一個缺錢缺到不行的精靈王面前。

「灰罌粟小姐，不知現在有多少冒險團接下我們的委託了？」伊迪亞期盼地問道。

「如果你說服翡翠，那麼你在塔爾這邊，就會獲得第一個。」灰罌粟用嚴厲的眼神制止翡翠那隻想伸向自己面前甜食的手。

「咦？」伊迪亞本來還熱情洋溢的笑容僵住，過度的震驚讓他激動地撐著桌子站起身，「難、難道說！」

「目前來我們這，願意接下這委託的團體或是個人，數字是零。」灰罌粟漫不經心地為伊迪亞說得更詳細一點。

伊迪亞高大的身子晃了晃，「這怎麼可能……」

他們暗夜族開出的酬勞明明那麼豐厚，工作內容也不至於強人所難，照理說，不該是有絡繹不絕的冒險團接下這委託嗎？

為什麼會出現這種天差地別的結果！

黑薔薇像是不忍心看見伊迪亞遭受打擊，對著白薔薇說了幾句悄悄話。

「既然塔爾的狀況是這樣，那麼其他分部的情況想必也差不多吧，所以你也不需要產生心理落差了，黑薔薇這麼說。他真是溫柔對不對？」白薔薇為黑薔薇的善心露出了自豪的表情。

伊迪亞覺得更加受打擊了。

他搖搖晃晃地坐回椅子上，整個人像被抽走精力，眼神也呈現幾分空洞，還是不願相信接委託的人數是零蛋。

「爲什麼……」伊迪亞悲痛地擠出聲音，「明明就是錢多事少的工作啊！不是應該被大家搶破頭嗎？」

「問題就出在你們暗夜族身上。你們族人大部分日夜顛倒，熱愛熬夜。」灰罌粟勉爲其難地多解釋了幾句，以免這個金髮劍士把問題歸咎在他們塔爾分部上，「如果去了那邊，很難有個健康的睡眠環境。」

「那是其他人，我就喜歡正常又健康的作息。」伊迪亞辯解。

「像你這種的只是極少數，你難道能讓你們其他族人都跟你一樣嗎？」灰罌粟一針見血。

伊迪亞垂頭喪氣，像隻被踢了一腳的可憐金色大狗。

「還有……」白薔薇很樂意替灰罌粟多做補充，「暗夜族幾乎每一個都冷漠難搞，半夜不睡覺就算了，偏偏還對自身白得嚇人的膚色不自知，老是在外頭東晃西晃，讓人見了還以爲自己撞鬼，一顆心臟險些就要宣告罷工——以上，是來自深受其害的冒險獵人們的控訴。」

伊迪亞深深地把臉埋入掌心內，「這……這我也沒辦法，我也跟他們說過很多次，要早睡早起才能身體好。翡翠……」

伊迪亞霍地又抬起頭，一雙藍眼睛灼亮得驚人。

「你們接下吧！要是塔爾這裡都沒招到人的話，回去我會被佩琪罵死的。她說不定還會用法杖揍我，你一定不想見到你的朋友受到這種苦難吧。」

「喔，其實我不在乎。」翡翠聳聳肩膀，他向來就是如此誠實，「不過你可以先說說你們那有什麼特產。」

「我們那邊山多樹多，各式各樣的毒蘑菇更是特別多。」伊迪亞扳著指頭數，從他認眞的神態來看，他對這些特產還相當自豪，「聽起來很棒對不對？翡翠你們一定會想要來玩的，剛好就能順便做個委託了。」

伊迪亞目光灼熱異常，把希望都放在翡翠他們身上。

「抱歉啊，我們有別的計畫。」翡翠乾脆俐落地拒絕了。

他也沒說謊，世界意志要他們在十五天內抵達彩虹河，而等他們完成這次任務，他們還得前往西科尋找撒上神祕辛香料的烤鴨……說錯了，是尋找黑雪出沒的痕跡。

算來算去，壓根騰不出多餘時間去暗夜族那邊打個工、兼個差。

最重要的是，暗夜族那邊的特產聽起來都不能吃。

他爲什麼要浪費時間和生命去一個美食沙漠呢？

「等等，我還沒說完！我私下還能帶你們參觀彩虹河，畢竟都是老朋友了。」伊迪亞鍥而不捨地遊說，「如果女王允許，說不定還有機會體驗一下乘船遊河的滋味。」

「……等一下，什麼河？」翡翠漫不經心的神色消失，取而代之的是犀利的眼神，「你剛是不是提到了彩虹河？」

「那是我族的聖河，正確名稱是托耶庇里斯河，不過我們族裡私底下都稱之爲彩虹河。」或許是翡翠的氣勢太迫人，伊迪亞反射性地挺胸回答。

翡翠飛快與斯利斐爾交換了眼神，誰也沒想到世界任務的線索會從天而降。

這簡直就是踏破鐵鞋無覓處，得來全不費工夫！

「不，我現在想想，毒蘑菇也是可以的，我對你們那的毒蘑菇相當有興趣！」翡翠馬上改口，越說越覺得暗夜族的這個特產或許真的很不錯。

畢竟他又不怕中毒。

要是有那種美味、沒有附加任何負作用，頂多只會死人的毒蘑菇……不就是量身爲他打造的嗎？

翡翠當場拍桌決定。

「你們的委託，我們繁星冒險團接下了！」

✣✣✣

艷紅的落日掛在天際，餘暉將周遭雲層染上了瑰麗的色彩，大片紫霞和橘霞交織在一起，更顯如夢似幻。

只不過這份霞光染不進底下茂密的叢林，彷彿被拒於千里之外，唯有攀爬上大樹的頂端，才有機會一窺這黃昏時刻的美景。

一雙銀水晶般的眸子正痴痴地望著這幅由夕陽展開的繪卷，內心只有一個念頭。

夕陽好大……

啊，像個餅。

還是用地兔族的番茄染紅的好吃大餅！

在高聳幾乎入雲間的大樹頂層，比尋常孩童還要嬌小的小女孩踢晃幾下小腳。她看著紅通通的圓太陽，忍不住舔舔嘴巴，覺得自己想喝兔兔牌番茄汁了。

與自己大多喜愛熬夜、熱衷於夜間活動的族人不同，蘿麗塔不論白晝或夜晚都相當有精神。

待在暗夜族領地的時候，她常常會跑到令人意想不到的高處去，遙望在幽森密林裡看不見的遼闊光景。

只不過每次看夕陽，都能把蘿麗塔看餓，激起她對兔兔牌番茄汁的渴望。

她伸伸懶腰，盤算著等等是要慢慢爬下去，還是「咻」地一下跳下去，就聽到一陣不算陌生的稚嫩嗓音隱約從下方傳來。

「蘿麗塔？蘿麗塔？」

假如不是暗夜族耳力天生異於常人，蘿麗塔可能就要錯過這聲呼喚。

蘿麗塔搖搖晃晃地從枝椏上站起，低頭往下一看，層疊交錯的枝葉沒有完全遮住最底下的景象，因而也能讓人深刻地感受到這其中的驚人高度差。

換作普通人，壓根就不會冒著生命危險爬到這棵樹木的頂端，萬一途中不小心摔跌下去，半條命或是一條命大約就要交還給眞神了。

但對暗夜族來說，這樣的高度並不算什麼。

爲免聲音的主人因找不到自己而焦急，蘿麗塔握緊小拳頭，「嘿」了一聲，背後一對金燦燦的翅膀瞬間伸展開來。

猶如蝠翼的翅膀上附著細細的小絨毛，在殘陽照耀下彷彿鍍上最耀眼的一層金光。

蘿麗塔二話不說地一躍而下，金黃翅膀張開，像隻最靈活的小蝙蝠，短短片刻便大幅度地縮短了與對方的距離，落到了地面上。

「蘿麗塔？」猶在尋人的女孩壓根沒察覺到要找的人就在自己身後，「蘿麗塔妳在哪裡？」

「在這呢。」蘿麗塔年紀小，講話的語氣還有幾分奶聲奶氣，軟綿綿的，好似剛蒸好的牛奶糕。

棕黃色長髮的女孩被嚇了好大一跳，蒼白著臉轉過身。她看起來才十歲，或者更小一些，皮膚被曬得很健康，雙頰有著淺淺的雀斑，一張鵝蛋臉清秀稚氣，身上穿的是耐磨又便於行動的衣物，腰間還佩了把小刀。

瞧見面前的人是蘿麗塔後，漢娜頓時轉驚爲喜，像天空的淺藍色眼睛盛滿欣喜，「蘿麗塔，原來妳在這裡！」

「漢娜找我玩嗎？可以陪妳玩喔，我們飛高高，再跳下來，佩琪最喜歡我跟她那樣玩了！」蘿麗塔眼帶期盼，眼底閃閃發光。

漢娜本來紅潤的臉色白了幾分，「不、不行，我會摔死的……我不像你們暗夜族有翅膀。」

「我有翅膀就可以了，很大。」蘿麗塔張開自己的蝠翼，本來只有臂長的翅膀轉眼又大了一倍，「會好好接住妳，我很厲害喔。」

「這樣太危險了，我們得玩安全一點的遊戲。」漢娜忙不迭地搖著頭，提出新主意，「我們玩扮家家酒好不好？妳當洋娃娃，我當蘿麗塔的媽媽。」

「嗯……好吧。」蘿麗塔歪歪小腦袋，同意了漢娜的建議。

漢娜是她新認識的人類朋友，她不想讓新朋友失望。

最近族裡有不少冒險獵人進來，要幫他們尋找一種名爲發光小菇的蘑菇，漢娜的家人也是接下委託的冒險團之一。

會帶著小孩一起行動的冒險團本就不多，找不到玩伴的漢娜正好遇上了蘿麗塔。

漢娜從小就想要一個屬於自己的娃娃，但在父母雙亡後，她就跟著收留她的叔叔一起東奔西跑。

爸爸媽媽還在的時候，她都不知道叔叔的存在，但就在她以爲自己要變成沒人要的孤兒時，叔叔像個英雄來帶走她了。

可是叔叔看起來很凶，她從來不敢開口跟他要一些女孩子會喜歡的東西，她怕叔叔會覺得麻煩，然後就不想再照顧她了。

而蘿麗塔精緻又可愛，穿著童話故事書裡才會見到的漂亮公主裙，與漢娜想像中的公主娃娃一模一樣。

她可以用各種花朵葉片爲蘿麗塔打扮，滿足她年幼時的願望。

漢娜的頭髮則讓蘿麗塔想到小麥田，眼睛像晴朗的天空，笑容則像太陽一樣溫暖，那些都是她喜歡的東西。

兩名不同種族的小女孩很快就玩在一塊。

「那我們先去摘花，還要找大片的葉子，可以用它們當碗盤。」漢娜露出開心的笑靨，連忙將只到自己膝蓋高的蘿麗塔抱了起來。

漢娜心滿意足地抱著蘿麗塔，覺得自己似乎擁有了一個最好看的洋娃娃。

雖然一開始跟著叔叔他們來到這的時候，她還有點怕那些叫作暗夜族的人。他們白得可怕，又都在黑夜活動，時常會嚇到人。

叔叔他們有正事要忙，不喜歡她到處亂跑，只吩咐她去多認識村裡的暗夜族小孩，最好跟他們打好關係。

可是暗夜族的孩童鮮少會在村裡出現。

就算曾經見過幾個，他們也和成年人一樣，白得像生了病，紅色或銀色的眼珠子冷冰冰的，還有尖尖的獠牙。

漢娜根本不敢和他們有接觸，直到她碰上了蘿麗塔。

蘿麗塔的個子小得不可思議，與她見過的暗夜族小孩完全不同，她覺得蘿麗塔很可能是生病了，才會長得那麼小。

但是，這樣就不會讓她感到畏懼了。

所以蘿麗塔是她的朋友。

連叔叔他們都不知道的祕密朋友。

「我們再去拔一點蘑菇。」漢娜興致勃勃地想著家家酒需要用到的東西，「蘿麗塔知道哪裡可以找到嗎？」

「有毒的我知道。」蘿麗塔歡快地朝四周指了一遍，「到處都有，是這裡的特產喔！」

漢娜垮了表情，「不行啦，不能有毒的，一定要沒毒。」

「殿下。」綁著俐落短馬尾的女子忽地出現，喊住了兩名小女孩的腳步。

漢娜認得對方，那是蘿麗塔身邊的女近衛，經常陪在蘿麗塔身邊。

「佩琪？」蘿麗塔納悶地眨眨眼，「怎麼了嗎？啊，妳也要跟我們一起玩家家酒對吧。」

「殿下得改天再玩了。」佩琪朝蘿麗塔伸出手，「先跟我回去好嗎？有重要的客人即將到訪，陛下希望您能趕緊回去。」

漢娜下意識想把蘿麗塔抱得更緊，往後退了幾步。

明明知道佩琪是蘿麗塔的近衛，但她就是忍不住產生了對方要搶走自己最重要洋娃娃的錯覺。

佩琪只是外貌看起來文靜清麗，其實脾氣強硬暴躁，就連他們的團長伊迪亞，她都敢拿著法杖痛揍他一頓。

瞧見漢娜的小動作，她眉頭登時緊緊皺起，眼神染上嚴厲。

本來她是看在那個人類小女生年紀小，且是殿下的新朋友，還能耐著幾分性子，維持冷靜幹練的態度來應對。

但硬抱著他們殿下不肯還就太超過了，那可是他們暗夜族的小公主！

佩琪的氣勢和表情嚇到了漢娜，她身體發僵，雙腳則是不由自主地又往後退去。

佩琪的不滿更甚，不客氣的斥喝即將湧出喉頭，蘿麗塔冷不防扭了扭身體，飛快從漢娜的臂彎中跳下。

佩琪立即忘記對漢娜的不滿，一個箭步上前，熟練地接住了那道小小的人影。

「漢娜，我下次再找妳玩！」蘿麗塔朝漢娜揮揮手。

漢娜一掃失望，藍眼睛重新浮上光采，「說好了喔，蘿麗塔下次見！」

直到看不見漢娜的身影，蘿麗塔才縮回腦袋，窩在佩琪的懷抱內。

「殿下很喜歡那名人類嗎？」佩琪抱著蘿麗塔往宮殿的方向走。

「漢娜人很好啊，還會陪我玩。」蘿麗塔咯咯笑著，「我喜歡她的眼睛和頭髮顏色。」

「看起來跟伊迪亞的差不多。」佩琪心裡嫌棄伊迪亞的不爭氣，要是他的眼睛跟頭髮夠美的話，公主殿下還會被別人吸引注意力嗎？

嘖，等他回來，再打他一頓吧。

「佩琪，妳剛說是母親大人找我回去嗎？」見到佩琪點點頭後，蘿麗塔仰頭看看天空，從枝葉間隙尚能窺見些許暮色，小臉滿是不解，「還不是早上呀，母親大人不是應該還在睡覺？她最喜歡早上睡覺早上起來了。」

「咳，爲了貴客的到來，陛下已經起來了。」

「佩琪、佩琪，是誰要來？是母親大人的朋友嗎？」

「不是，是殿下和我們的朋友呢。」佩琪溫言軟語地說道。在面對蘿麗塔的時候，她總是有無止盡的耐心，「您還記得翡翠嗎？那名木妖精。」

「翡翠、翡翠……翡翠！」蘿麗塔驀然睜圓眼，「想起來了，是不想要幼女抱抱的翡翠！」

「什麼？他竟然不把您放在眼裡？」佩琪臉上的溫和瞬間破裂，「您的抱抱可是珍貴無比，區區木妖精還敢……」

「不是區區。」蘿麗塔拍拍佩琪的手臂，「翡翠明明是好看得不得了的木妖精。」

「這、這麼說也是。」饒是佩琪也不得不承認，那名綠髮妖精的美貌著實令人過目難忘，宛如璀璨耀眼的珠寶，「但他怎麼能拒絕您的……」

「沒關係呀。」蘿麗塔毫不介意，「像有時候我也不喜歡加爾罕的抱抱，他的鬍子好刺喔。」

「他明天開始就永遠不會有鬍子了。」佩琪斬釘截鐵地向公主做出保證。

「翡翠他們是來浮光密林玩嗎？不知道小兔兔會不會一起來？」蘿麗塔打呵欠的頻

率變高了。

「等和他們見面的時候就能知道了。」佩琪後悔自己在接到伊迪亞聯絡的時候，沒有逼問得更清楚。

蘿麗塔口中的小兔兔是一隻兔子模樣的咒殺玩偶，大名叫思賓瑟，和翡翠同樣，是在黑沼林與蘿麗塔他們結下了緣分。

自從在黑沼林分別後，佩琪他們組成的暗夜冒險團有時還能和思賓瑟遇上。對方也成為冒險獵人，或者說冒險獵兔，還有個冷艷但不好惹的新搭檔。

蘿麗塔還想與佩琪多聊聊翡翠和那隻小兔兔，可她的眼皮不聽話地一直往下掉。

「殿下，您先睡吧。」佩琪留意到懷中小女孩的情況，知道她的睡眠期再度到來。

暗夜族在成年前不定時會陷入沉睡，有時一睡會睡上多天，有時短短十幾分鐘就會醒來。因此在浮光密林裡其實不常瞧見青少年或孩童的身影，他們不是在睡覺，就是準備要睡覺了。

相較之下，蘿麗塔清醒的時間比其他人多，稱得上是族裡的特例。

「嗯嗯，那我先睡了。」蘿麗塔軟軟地說，「我晚點就會起床的。」

蘿麗塔相信自己這次只會睡一下下，大概就是喝完一百瓶兔兔牌番茄汁的時間吧，畢竟她還要跟翡翠他們見面。

然而到最後，蘿麗塔並沒有在這一天成功地見到翡翠等人。

不是她睡過頭的關係。

而是翡翠陣亡了。

——因爲暈車。

第3章

來到暗夜族領地的第一天。

觀光、大吃特吃、和熟人見面……

以上這些，翡翠通通沒有達成。

他直接昏死在床上，一路昏迷到隔天早上才終於恢復意識。

這實在不能怪翡翠，他本來就是易暈車體質，之前幾次外出做任務的時候，也常因爲長途奔波和凹凸不平的道路而陷入苦難當中。

只能像隻可憐的蝦子蜷縮在馬車上的一角，順便腦中瘋狂想著各種有關美味厚鬆餅的吃法。

從塔爾到浮光密林的路程比翡翠預料的再遠上許多，怪不得世界意志開出的條件會是十五天內趕到彩虹河。

僅僅是去程，他們就花了整整十一天，這還是他們連日趕路的結果。

不管是坐還是躺，翡翠都覺得自己全身要僵硬掉了，每次爬起來都好像聽到骨頭在發出抗議的卡卡作響聲。

假如拉車的魔物換成以速度聞名的白金角馬，就能縮短更多的時間，同時也可以讓他遭受的苦難少一點。

偏偏，拉車的是以速度忽快忽慢、非常有自我堅持而聞名的猶他海百合。

第一次聽到這名字，翡翠還以為是植物，畢竟「百合」兩字太容易讓人誤解，而且似乎也很好吃。

但所有對美食的憧憬在親眼目睹猶他海百合的真面目後，剎那間碎得丁點也不剩。

猶他海百合長得也太詭異了！

遠看以為是隻暗紅色的大章魚，近看才發現其實更像水母，只不過表皮覆滿鱗片，圓圓的頭顱上找不到五官，長長的腕足內側遍布棘刺。

那些小刺密密麻麻，就算翡翠沒有密集恐懼症，也不由得產生心理上的不舒服。

怎麼說呢……就是很有在看異形片的感覺。

醜到讓人提不起食欲。

如果可以，翡翠眞希望換隻拉車的魔物。

可惜不行。

出錢的人是大爺。

大爺伊迪亞似乎對猶他海百合情有獨鍾，不斷向翡翠推薦這絕對是前往暗夜族領地的好幫手。能隨身攜帶在身上，只要餵食某種特殊飼料就能一口氣變大，時效過了又會自動縮小。

當時伊迪亞似乎深怕翡翠率領的冒險團會臨時反悔，一等他們辦完接下委託的手續，馬上用最積極和最熱情的態度，向他們表示這趟旅程就由他陪伴護送。他們還能直接一塊乘坐他的馬車，省下一大筆交通費用。

身爲無時無刻都在缺錢的精靈王，翡翠當下自然是樂於答應。

等到正式上路，他就後悔了。

很後悔，非常後悔。

先不論猶他海百合的外貌可以在大半夜嚇死人，重點是牠的速度簡直讓翡翠吃足苦頭。慢的時候像老牛拉車，快的時候差點讓翡翠懷疑自己是在坐雲霄飛車。

即使拜託斯利斐爾拿出眞神代理人的威嚴震懾，然而他卻拋出了一個終極的選擇。

「猶他海百合的速度只有快跟慢，在下無法扭轉牠的天性，您想選快還是慢？」

翡翠只想選擇朝斯利斐爾豎起中指。

在這種崎嶇顚簸的道路上，不管是快或慢對他都是種折磨。

無奈他又不像三名小精靈可以睡在眞神出品的超堅固背包裡，又不像斯利斐爾可以無視這瘋狂的加速減速，更不像縹碧能一直處於飄浮狀態，毫不被外界動搖。他只能強忍著一路的不適，使用皮帶將自己扣緊，以免在塞滿箱子的車廂內滾來滾去，同時內心不斷祈求快點抵達目的地。

但或許是眞神睡著了，聽不見他的祈禱，他們不但花了十一天的時間才到達浮光密林的邊界——而這邊界，赫然還是位在高聳的斷崖上。

翡翠那時只記得伊迪亞大喊一聲，「要下去了！」

下去？哪裡？

這個念頭剛冒出來，翡翠下一瞬就體驗到自由落體的滋味。

他總算明白伊迪亞爲什麼會說猶他海百合是前往暗夜族領地的好幫手。

透過縹碧的現場轉播，翡翠知道猶他海百合先是像降落傘般往下飄墜，接著調整好姿勢，用長長的腕足緊緊攀黏山壁，呈九十度地高速往下爬。

那感覺大概就是雲霄飛車突然來了一個垂直的大俯衝。

「再不打暈我，我就要吐了……」過度強烈的失重感讓翡翠發出最後通牒，「斯利斐爾，除非你想要……」

斯利斐爾用最乾脆俐落的動作表示他不想。

精靈王的美貌和氣質是不允許被破壞的。

翡翠只來得及感覺到後頸一痛，接著就徹底失去意識，後頭發生什麼事他都不知情了。

然後，就是迎接隔日早晨的到來。

翡翠慢慢地睜開眼睛，第一眼看到的就是顆白白嫩嫩，勾得人口水分泌的包子。

他差點遵循渴望咬上去，倘若沒有被一隻褐色大掌強硬捏住下巴的話。

「泥災捉十摸……」即便還沒看到手掌主人的臉，翡翠也絕對不會錯認那令人想到美味焦糖的膚色，他口齒不清地朝斯利斐爾發出指控，不滿自己剛起床就被人如此粗魯對待。

「放開翠翠！」瑪瑙不開心地撲上去，小手用力扳開斯利斐爾的手指，「你壞！」不須瑪瑙用上太多力量，斯利斐爾就自動鬆開手。

「沒錯，斯利斐爾太壞了！」翡翠想也不想地跟著瑪瑙一同指責，「罰他變鬆餅讓我咬！」

「大白天的，您還是別作夢了。」斯利斐爾替自己戴上白手套，他可以接受碰翡翠和小精靈，他們以外的人事物則會令他潔癖發作，「況且在下是在阻止您誤吃瑪瑙。」

「明明吃掉也不會怎樣。」瑪瑙貼著翡翠的臉頰蹭了蹭，好幾次還主動把自己送到對方嘴邊，似乎就等著他張嘴咬自己一口。

翡翠一個激靈，頓時完全嚇醒了。他連忙把那顆恨不得能送到自己嘴裡的小腦袋推開，又怕自己動作太突兀，傷了瑪瑙幼小的心靈，改把人捧在掌心上。

他的菜單上有許多待吃美食，例如斯利斐爾、桑回、紫羅蘭，但絕絕對對沒有小精靈的！

瑪瑙的失望只是一瞬，很快又抱著翡翠的手指，開心地蹭起來。

「斯利斐爾，我們現在是在哪裡？」翡翠發現他們身處在一間寬敞得驚人的房間。

粗略估計，這大小起碼可以抵他們自己家的三間臥室。

四周壁面是保留紋理的石壁，處處透著粗獷和樸實，弧形穹頂下吊掛著大量乾燥植物，其中菇類佔了大多數，形成獨樹一幟的擺設。

翡翠強迫自己拉回目光，不然盯著那些乾燥菇越久，他就忍不住想把東西摘下來嚐嚐味道。

牆上的大片窗戶拉上了暗色布簾，僅有些許日光從底下縫隙鑽入。房裡的照明則是依靠著捆成一束束的夜光菊，潔白花朵沿著牆壁底端和頂端纏繞，形成了天然光源。

家具的影子被藍白色的幽光投映在石壁上，不經意瞥視之下，恍如以爲見到了張牙舞爪的怪物。

整體來說，是個品味挺獨特的房間。

想想伊迪亞對猶他海百合的讚賞，暗夜族的古怪審美好像也不是不能理解了。

一想到猶他海百合，翡翠緊接著回想起昏睡前的記憶。

——那隻活像異形章魚或水母的魔物拉著他們跳崖了，然後他叫斯利斐爾把自己打暈。

還沒等斯利斐爾開口，翡翠先猜出答案，「我們到暗夜族的地盤了？」

「這裡是浮光密林的東南側，我們在女王的宮殿裡。」斯利斐爾回答，「您昏睡了一天。」

也就是說，只剩下三天的時間了！翡翠心頭一跳，沒忘記世界意志提出的期限是十五天。

他將焦慮按下，若無其事地繼續和斯利斐爾確認現下的情況。

他們是在昨晚進入浮光密林，在伊迪亞的帶領下，很快就見到暗夜族女王席維若拉。

由於他們對蘿麗塔和她的近衛有過救命之恩——就是暗夜冒險團等人——加上翡翠昏迷未醒，他們被允許先留在宮殿裡，等翡翠醒了再正式謁見女王。

縹碧一如以往，一到新地方就脫隊自由行動去了，目前人在哪裡恐怕無人知曉，但總歸不會跑得太遠。

「珍珠和珊瑚還在睡嗎？」翡翠的音量下意識放低，搜尋起背包的位置。

的工夫。

「珍珠在看書。」這房間太大，斯利斐爾直接幫翡翠比了一個方向，省去翡翠尋找

珍珠安靜地趴在書前，察覺到翡翠的目光後，抬頭給了他甜美的笑臉，接著把書立起來，讓他看見上面的書名。

《狂狷妖精愛關小黑屋》。

這一言難盡的書名，肯定是桑回的作品沒錯了。

「翠翠喜歡小黑屋嗎？」與瑪瑙的甜軟及珊瑚的高亢不同，珍珠說話時都是慢吞吞的，語尾拉得綿長。

「有吃有喝還有玩的話，別關太久應該還行？」雖說不知道珍珠為什麼會拋出這個問題，翡翠還是認眞在腦內模擬了下。

「嗯，了解了，我會記住的。」珍珠又重新低頭看書。

「那珊瑚……」翡翠還沒問完，就被一聲大叫打斷。

「喝煞！」珊瑚彷彿一顆小炮彈從櫃子上飛撲下來，黏住了翡翠的臉。

那衝勁把翡翠撞得又倒回枕頭上。

狂猖妖精愛關小黑屋
……

「珊瑚也壞，怎麼可以把翠翠撞壞？」瑪瑙眼中迅速浮上淚霧，連忙爬到枕頭上，對著翡翠的臉吹氣，「翠翠那麼脆弱，只有不在意翠翠的人才會那麼粗暴。」

「什……什麼？珊瑚我才沒有不在意！我只是、我只是不小心而已！」珊瑚驚慌失措地跳離翡翠，深怕自己真的對對方造成無法挽回的傷害。

「您死了嗎？」斯利斐爾居高臨下地俯視翡翠，視線冷漠。

「看也知道還沒。」翡翠給了他大大的白眼，「拉我起來，你這混蛋。順便去問看看，我們可以去見女王了嗎？」

「只要我們走出這房間，他們就會立刻收到通知，我們只須在房外等候即可。」斯利斐爾伸出手，卻是把珊瑚接過，放任那個沒用的精靈王自生自滅。

「嘖。」翡翠只好自己爬起，不忘將瑪瑙先放到一旁桌上。

他昨天沒刷牙洗臉也沒洗澡，今天得要補回來才行，否則他會一直覺得全身不對勁。

在房裡附設的浴室把自己刷洗乾淨後，翡翠精神抖擻地出來。

「走吧，該去見見女王陛下了。希望時間不要太久，我還想好好吃頓飯。」翡翠摸摸自己餓了一天的肚皮，「伊迪亞是不是有說過這裡的特色食物是……」

「毒蘑菇。」斯利斐爾冷淡地潑了冷水，「難吃的毒蘑菇，會讓您吃了之後徹底失去食欲一個月以上的毒蘑菇。」

翡翠打了一個哆嗦，最後這個傷害比任何威脅都還要來得有效。

「我書還沒看完，我要坐斯利斐爾頭上。」珍珠拉著書籍一角站起。

她不喜歡麻煩事，與其看瑪瑙先擺出一副「我委屈但我不說」的模樣爭寵，還不如先爲自己找個好坐的位置，專心研究小黑屋的奧妙。

看著巴掌大的小精靈捧著比自己高的書，穩穩地安坐在斯利斐爾頭頂上，翡翠忍不住拿出映畫石拍照留念。

那實在是很奇妙的光景。

有點好笑，有點溫馨……有點令翡翠躍躍欲試。

「斯利斐爾，我也想坐看看……」

「您想死吧。」斯利斐爾連疑問句都省略了，直接送給翡翠一個肯定句。

珊瑚相中了翡翠的腦袋，那個高度才能顯現出她的威武霸氣。

「妳可以坐斯利斐爾的肩膀，他比翠翠高，大家都會先看他，妳坐在他肩上會更有氣勢的。」瑪瑙小小聲地對珊瑚說。

珊瑚只猶豫了幾秒，就同意瑪瑙的看法。

可惜斯利斐爾的頭頂先被珍珠佔去，她不敢跟珍珠搶。但是肩膀位置就絕對不能讓給瑪瑙，必須要由她坐上去才會彰顯出她的不同凡響。

看見珊瑚靈活地爬上斯利斐爾的肩頭，翡翠還有些狐疑地摸摸自己的臉。是他的吸引力降低了嗎，不然平常都黏著他不放的小精靈，怎麼三個有兩個都往斯利斐爾那邊跑？

聽見開門聲響起，窩在一串乾蘑菇間的一顆黑煤球忽地動了動，接著出現一雙藍色眼睛，一雙翅膀從背後伸出來。

伊迪亞拍了拍自己的小翅膀，原本想要用個優雅的姿勢飛下去，結果腳不知道怎麼踩滑，頓時從蘑菇上摔了下去。

「啪噠」一聲，成爲一顆可憐的黑煤球，掉在了翡翠的腳尖前。

假使翡翠的反應不夠快，伊迪亞恐怕就要從一顆黑煤球，變成一灘黑圓餅了。

「哇！哇！哇！這東西黑漆漆的，好醜啊！」坐在斯利斐爾肩上的珊瑚摀著眼睛大叫，「翠翠你也別看了，看了會變黑黑的！」

「珊瑚妳好吵。」珍珠的聲音從書本後傳來，阻止了珊瑚的哇哇叫。

雖然是差不多時間一起從金蛋孵出來的，但珊瑚對珍珠似乎一直有種天然的敬畏。只要那溫吞優雅的聲音一出現，她就像被訓斥的小狗狗一樣，縮著肩，寒毛豎起。

「蝙蝠？」翡翠低頭打量，沒有要用手指拎起的打算，「唔，在我家鄉那邊據說細菌和病毒都挺多的，不能吃。」

「咳咳咳，要是沒那什麼菌的話，你就打算吃了嗎？你們那邊的妖精族有點可怕啊。」伊迪亞抖抖身子，飛快變回人形，「據我所知，一般妖精不會把蝙蝠列入食物名單的。早安，翡翠，你現在有覺得好多了嗎？」

伊迪亞沒忘記昨日的慘況。

當猶他海百合拉著車廂進入浮光密林，車上的翡翠已經不醒人事，臉色蒼白萬分，讓他本就驚人的美貌又多了一絲虛弱。

想到這裡，伊迪亞也有些愧疚，他是眞的沒想到翡翠會不習慣這趟旅程。他認識的妖精族都很熱愛被猶他海百合帶著跳崖，覺得刺激過癮，還能享受風的陪伴。

「現在沒事了。」翡翠看看伊迪亞，又看了看他剛才掉落的位置，「你怎麼會從上面……」

「你們是我帶回來的客人，陛下就吩咐我負責照顧你們了。」伊迪亞帶著翡翠等人往宮殿的謁見廳走。

走廊兩邊皆是灰色調的石壁，上面吊滿許多乾燥植物和蘑菇。

翡翠注意到，他們一路走來沒見到什麼人。以宮裡的警備來說，似乎稍嫌寬鬆。

驀地他心中一動，想到先前伊迪亞是從天花板上掉下來。他抬頭一看，還眞的被他發現那些乾燥植物裡原來窩著不少黑煤球。

或者說，像是黑煤球的圓蝙蝠。

隨著翡翠的視線投向上方，那些蝙蝠也彷彿有所感覺，剎那間一雙雙眼睛睜開，小小的眼珠在陰影中像是閃動著詭異的光芒。

伊迪亞也抬起頭，「別在意他們，宮裡的侍衛都習慣用這模樣待在上面。一來可以不被人察覺，二來餓了還能咬蘑菇吃。」

「好吃嗎？」翡翠只在意這點。

「嗯，暗夜族因爲體質關係，對大部分毒蘑菇都有抗體。」伊迪亞朝上面揮揮手，那些蝙蝠侍衛又閉上眼睛，或者繼續啃著旁邊的蘑菇了。

「先不管有沒有毒，味道好嗎？」翡翠追根究柢。

伊迪亞不是很明白翡翠爲何要執著這件事，但還是誠實告知，「其實味道……」

「您忘了在下方才跟您說過的嗎，關於食欲。」斯利斐爾冷淡地打斷伊迪亞的話，「或者您希望在下先直接塞一個到您口中？」

翡翠想起來了，這裡的毒蘑菇吃了會讓人喪失食欲一個月以上。他連忙搖頭，一顆蠢動的心也迅速安分下來。

伊迪亞聽不懂身後的主僕在打什麼啞謎，不過既然翡翠沒再追問下去，他也沒有放在心上。

前往謁見廳的路上，可以瞧見一邊的壁面懸掛著多幅肖像畫。

每一幅畫中都是紫髮銀眸的女性，她們雍容華貴，戴著淺金色的王冠，冷淡的眼神像是能從畫裡穿透出來，犀利地刺入見者的心臟。

「都白白的，太白了。」珊瑚嘀咕地說，「像瑪瑙的頭髮一樣白，都不好看。」

「瑪瑙的頭髮和妳的、我的，都一樣白。」珍珠將書翻過一頁，「妳在說我們都醜嗎？」

伊迪亞聽見她們的對話，忍不住笑了，「畫裡是我們暗夜族的歷代女王，每一位女王上任後都會繪製肖像，畫框會繫上金色玫瑰，回歸眞神懷抱後就會改繫上銀色玫瑰。」

「那這位是……」翡翠的腳步在倒數第二幅畫像前停頓一下。

畫裡的紫髮女性依舊白如雕塑，臉孔看起來卻很年輕，相較其他女王的穩重，她甚至像沒有完全長開的少女。

而會讓翡翠停佇的原因，在於畫框上的玫瑰赫然是一半金一半銀。

伊迪亞的眉眼間躍上一抹沉重，「這是前任女王，歌薇雅陛下，她是所有女王中在位最久的。」

「她的花爲什麼會是……」

「在六年前的某一天，她突然失去蹤影，至今仍毫無音訊。在無法確認她是否還待在大陸的某一處之前，屬於她的玫瑰會持續保持這狀況。」

一行人來到了謁見廳的大門外，這裡有兩名穿著筆挺制服的侍衛守著。他們膚色慘白，輪廓深刻的面龐缺乏表情，乍看下猶如兩尊不動的雕像。

「翠翠，他們好嚇人。」瑪瑙用氣聲和翡翠說道，尾音微顫，小臉蛋流露不安，「我怕，我可以躲進你衣服裡嗎？」

一瞧見瑪瑙泫然欲泣的神情，翡翠哪可能不依他的要求，只記得說好好好。

翡翠原本以爲瑪瑙要回到他胸前的口袋，沒想到對方看也不看那口袋，直接爬進了他的衣領裡，假裝自己是個裝飾品掛在他的胸前。

翡翠哭笑不得，還是把人撈了出來，放進口袋裡面。否則貼著皮膚，他走路都覺得有些不自在了。

兩名暗夜族侍衛顯然早已被交代過，一見到伊迪亞帶著人走近，沒有多問，馬上將雕刻著蝙蝠與荊棘的大門推開。

謁見廳寬廣肅穆，只有一名削瘦的紫髮女人坐在裡面。

她容姿冷艷，一雙銀眸半瞇著，更顯得倨傲冷淡；肌膚蒼白宛如不曾見過天日，給人陰森、缺少生氣的感覺。

煙灰色的禮服裙襬拖曳至她腳邊，其上的玫瑰刺繡向下延展，好似栩栩如生地開綻至地面上，綴著微小碎鑽的高領緊緊包著她的脖頸，將之修飾得更爲修長纖細。

相較起來，伊迪亞和另外兩位暗夜冒險團的成員反倒不太像暗夜族，更像是普通人類。

伊迪亞向他們的女王陛下彎身行禮。

翡翠想著自己是不是該入境隨俗，剛要有動作，他的後領就被斯利斐爾冷不防地拽住。

「我不是貓，別抓我後頸。」翡翠在他們倆的專用頻道內不滿地說。

「您還是精靈王。」在斯利斐爾眼中看來，暗夜族的女王陛下也不會比得上精靈王尊貴。

斯利斐爾突來的舉動讓席維若拉霍然留意到他這個人，她因爲睡意差點閉上的眼眸頓時睜大，背脊也同時繃直。

銀髮男人明明外貌搶眼，可在他有所動作之前，簡直像個透明人一樣，幾乎感受不到存在。

席維若拉看不出斯利斐爾有哪裡不尋常，但這正是最不尋常的一點。

她將斯利斐爾的特殊記在心裡，不著痕跡地收回落至他身上的目光，直視翡翠，「你們是蘿麗塔的恩人，更是我們貴重的客人。如果有任何需要，都可以直接找伊迪亞他們。你們可以選擇是要在宮裡住下，或是到村裡的旅館。」

「謝謝您的好意，我們住在村裡就可以了。」思及那些隱藏在植物串中的蝙蝠，翡翠馬上有了決定，他可不希望無時無刻處於侍衛們的注視下。

「伊迪亞會爲你們安排好的。」席維若拉直挺的身子又漸漸垮下，本來睜大的銀瞳也半闔起。她支著腮，一手冷淡地朝眾人揮動，「照理說該設宴款待你們，但我非常非常想睡，我也不想在宴會上直接睡給你們看。作爲補償，你們在村裡的任何開銷，都會由我族招待，不須太過客氣。那就先這樣吧，伊迪亞，其他都交給……」

席維若拉的聲音忽然停頓住。

伊迪亞等了半晌都等不到下文，他遲疑地抬頭看向他們的女王陛下，然後毫不意外地發現到那雙銀眸已經徹底閉上。

席維若拉坐在椅子上，托著腮睡著了。

「她怎麼突然沒聲音了？」珊瑚小小聲地問，「她生病了嗎？」

「別擔心，陛下只是睡著而已。」伊迪亞回予安撫的笑容，「大部分的暗夜族都喜歡清醒地享受夜色的陪伴，等到天午亮時才……」

「我懂我懂，就是熬夜嘛。」翡翠一句話揭穿了伊迪亞試圖美化的眞相，「這我以前也滿熟的。」

可惜自從小精靈孵出來後，爲了給他們一個榜樣，他的作息也變得健康又規律，他眞懷念半夜起來偷吃宵夜的日子。

「熬夜是大人的浪漫啊。」翡翠發出由衷的感慨。

「沒錯，是浪漫！」以爲睡過去的紫髮女王猝然出聲，「說得太好了，兔兔牌番茄汁賞你三打！」

她的聲音冷淡有力，一雙眼睛直勾勾地盯著翡翠數秒，絲毫看不出睡意，可下一瞬又驟然閉上，恢復入睡的狀態。

突然獲賞的翡翠撓撓臉頰。

老實說，比起兔兔牌番茄汁，他更希望能把那份獎賞的後四個字去掉，給他前兩個字就好。

兔兔那麼可愛……

啊，想吃。

第4章

翡翠沒有成功吃到兔子。

畢竟席維若拉贈予的是兔兔牌番茄汁，而他們入住的掠影村也不會主動提供肉食餐點。

暗夜族吃素。

因此他只吃到一堆超健康的蔬菜，還有多到數不清的番茄相關製品。

外地客假如想吃肉，必須自備食材，最快的方法就是進入叢林尋找獵物。

等翡翠他們安放好行李、吃飽喝足後，伊迪亞帶著他們在村裡走了一圈，簡單地爲他們介紹環境。

暗夜族的住所相當分散又隱密，但浮光密林不時會有外地商人或是冒險獵人前來。

爲此，暗夜族人一開始是在林中平坦的地方蓋了幾間屋子，方便那些來訪者居住，省得他們破壞密林環境。久而久之規模擴大，形成了至今約百來人居住的掠影村，同時這裡也成了暗夜族與外界交流貿易的主要地點。

一般外來者進入浮光密林必須先接受暗夜族的審查，確認他們的身分和目的，即使是那些接了委託前來的冒險獵人也不例外。

但翡翠他們是女王的客人，又有伊迪亞在旁陪同，自然能夠省略這個程序。

雖說還是大白天的，不過村裡眼下卻沒見到什麼人煙。

暗夜族習慣晝伏夜出，至於接下委託前來的冒險獵人們則已深入林中，尋找他們此行的目標物。

「這次來的冒險團大約有十幾組，另外也不乏獨行的冒險獵人。」伊迪亞轉頭看了看，發現還是沒有瞧見縹碧的身影，「翡翠，你的契約者呢？」

「不見就當丟掉吧。」翡翠習以爲常地說，「反正會自己回來就行了。如果你想找他的話，我可以叫他半夜去你房間，爲你唱搖籃曲。」

「不不不，這就不用了，真的。」伊迪亞可不希望因爲自己的順口一問，換來半夜有幽靈找上門，他對那一類的存在實在有點沒轍，「在你們要去找發光小菇之前，我先帶你們去見公主殿下。她從昨天就一直期待你們的到來呢，殿下要是看到瑪瑙他們，一定會很驚喜。」

「公主殿下是誰？」瑪瑙仰高小腦袋。

「是暗夜族的公主，蘿麗塔。」翡翠怕瑪瑙拉傷脖子，輕輕地把他的頭按下，「當初和伊迪亞一起在黑沼林認識的，滿可愛的，像是洋娃娃，身高大概跟你們三個疊起來差不多。」

「她是不是比我可愛、比我聽話，所以翠翠才會記得那麼清楚？」瑪瑙語氣失落，「都是我不好，要是我再早一點出來陪翠翠就好了……」

「你也出不來啊，你那時跟我們一樣都是顆蛋呢。」珊瑚大剌剌地說，「瑪瑙你腦子不好喔。」

「翠翠，珊瑚罵我。」瑪瑙立刻把臉轉過，埋在翡翠的胸膛上。

「翠翠還有正事要做，你們兩個都別吵了。」珍珠的目光壓根沒從書裡挪開，但她緩慢綿長的聲音成功阻止了兩名小精靈間的爭執。

翡翠鬆了一口氣，養孩子就怕他們吵起來，幸好還有珍珠能夠壓得住另外兩人。

覺得自己圍觀了一場小朋友爭風吃醋的伊迪亞也有些尷尬，趕緊轉移話題，「發光小菇的主要生長地點……我給你們的那張地圖上都有標出大概。」

翡翠拿出了地圖比對一下他們周遭的位置。

浮光密林佔地極廣，包括了好幾座山頭，而掠影村則是位於浮光密林稍外側之處。

地圖上掠影村外有一圈綠色符號，表示這區域是絕對安全的，不用擔心會出現凶猛的野獸或魔物。

冒險獵人的騎獸或是交通工具都登記寄放在此，只要繳付一些金額，就會有專人幫忙打理照料。

綠色之外的所有區域則標上了「你猜猜有沒有危險」這幾個大字。

翡翠猜不出來，但他知道，繪製這張地圖的人肯定會有危險，簡直欠揍。

忽略那行挑釁的文字，翡翠算了一下，地圖上面有二、三十個紅點，這些都是發光小菇會出現的地帶。

發光小菇就是這次暗夜族希望冒險獵人們能幫忙收集到的物品。

它的名字聽起來很可愛，毒性卻強得驚人。

只需小小一朵，就能讓人腹瀉近一個月，幾乎只能以廁所爲家。

「而且味道也挺……詭異的。」伊迪亞評論道：「聞起來還好，就是淡淡的草味，但吃下去會讓人以爲自己吃了樹皮加生肉的組合。」

「聽起來眞夠糟的。」翡翠一聽便毫無食欲，二話不說地把發光小菇徹底從自己的菜單上剔除。

雖說斯利斐爾警告過這地區的蘑菇都又毒又難吃，但人總是會抱著僥倖心理的嘛。

要是有那個萬一出現呢？

可惜發光小菇不是那個萬一。

翡翠遺憾地嘆口氣，在心中繼續默背著發光小菇的資料。

都接了人家的委託，拿了人家的訂金，該做的工作還是不能忘，頂多是中間過程混水摸魚一下下。

發光小菇的外貌不甚起眼，表層顏色會因爲生長環境而產生變化，形成安全的保護色，如果想在夜間搜尋，只會大大地增加難度。

但是在白天就不一樣了。

它會在白日裡發光，即使光芒微弱，卻足夠破壞它天生的保護色。

而且發光小菇在白晝會製造出一種名為光靈的成分，摘下就能將它保留在蕈柄中。一旦進入夜晚，這成分就會消散得無影無蹤。

暗夜族需要的，就是擁有光靈的發光小菇。

翡翠的目光很快又被地圖上的藍色線條吸引，那些是貫穿大片山林的河流，其中一條正是托耶庇里斯河。

也就是伊迪亞口中提及的，彩虹河。

「伊迪亞，這就是你提到的聖河嗎？」翡翠手指順著地圖上最曲折也最長的藍線畫了一圈，「整條都是？」

「沒錯，就是這條。」伊迪亞只瞄一眼就能確定，「公主所在地點離彩虹河應該不會太遠，到時直接過去看看吧。如果想要今天遊河也可以唷，我昨天已經先向陛下報備過了。」

「遊河晚一點沒關係，先看看就好。」翡翠打算等摸清那邊的情況再準備下一步行動，「蘿麗塔現在是在……」

「這個時間點，殿下和她的新朋友都會待在安全區。」伊迪亞靠近，在翡翠的地圖上大略指了一個方位，「我們就往這裡走。」

離開村莊，翡翠一行人走進森林裡。

翡翠總算明白爲什麼這地方會被稱爲浮光密林。

林中有不少水潭，水質清澈，能清晰地看見底部有一叢叢小巧野菇簇擁在一塊，它們在水裡閃爍著螢藍的微光。

陽光從樹冠間隙照下，灑落在水面上，與水底下的幽光相互映襯，折閃出剔透的絢麗光感，確實和「浮光」兩字極爲貼切。

「那是手指菇。」伊迪亞爲好奇探望水潭的翡翠等人介紹，「因爲外表長得像切下來的手指。別看它們發出的是藍色的光，切開它們的柄部，滲出的汁液可是紅色的。」

「那不就像流血的斷指了嗎？太破壞食欲了吧。」翡翠果斷把伸出去的腦袋收回來，不好吃跟不能吃的東西對他來說毫無價値。

伊迪亞不愧是當地人，明明放眼望去似乎都是大同小異的景象，除了水潭有無之外，那些林立的樹木乍看下好似沒有太大差別，然而他不用借助任何地圖或引路工具，對於自己要前往的方向了然於胸。

要是讓缺乏方向感的人進來，只怕瞬間便會分不出東南西北，迷失在這無盡的蓊鬱之中。

伊迪亞是很好的嚮導，他會隨時留意翡翠幾人的行進速度，以免對方跟不上自己的步伐。也會不時為他們講解路上見到的特殊蘑菇，絕大多數都是有毒的那種。

伊迪亞當時說的果然不假，毒蘑菇還真的是暗夜族領地的特色之一。

「這個吃了會全身癢，這個吃了會昏睡一天，那個吃了則會身體起七彩疹子……」伊迪亞對那些有毒菇的作用簡直如數家珍。

翡翠不得不提出一個問題，「伊迪亞，你該不會都吃過吧？」

「哈哈。」伊迪亞對此還挺驕傲，「只要是年紀小的暗夜族，都幹過這種事。好奇心嘛，況且我們對毒菇的抗性比較高，不是劇毒的話，基本上吃不死人的。」

「如果是劇毒呢？」

「當然是回到真神的懷抱啦。」伊迪亞揚起爽朗明亮的笑臉，「就曾經有人發生過這種事呢。不過未成年前，我們真的很難控制自己。」

「好奇心……」珍珠慢條斯理地翻開下一頁，一心兩用，一邊認眞地鑽研《狂狷妖精愛關小黑屋》的內容，一邊也沒有漏掉眾人的談話，「殺死未成年暗夜族。」

伊迪亞朗聲大笑，對珍珠的話再認同不過。

珊瑚抓抓頭髮，忍不住拊在斯利斐爾耳邊說悄悄話，「聽起來未成年的暗夜族傻傻的啊。」

「這是他們一族的特色，成年後冷酷無情，只愛兔兔牌番茄汁，未成年前則是個個智障。」斯利斐爾神情矜淡，可從他唇中吐出的句子刻薄又毒辣。

珊瑚恍然大悟，「原來是群笨蛋。」

翡翠他們是在安全區的邊緣處找到蘿麗塔的蹤影。

外貌和體型都肖似洋娃娃的暗夜族公主坐在草地上，低著頭，別在髮上的美麗花飾隨著她的動作垂晃，身邊是一名棕黃長髮的小女孩。

兩人的心思全都投注在手上的花環上，沒有察覺到有人正往她們所在方向靠近。

「殿下，您看我帶誰過來了？」伊迪亞主動喊了一聲。

本來專心與漢娜一起編花環的蘿麗塔茫然地抬起頭，「伊迪亞帶了……翡翠？翡翠！」

蘿麗塔面露驚喜，放下手裡編到一半的花環，想也不想地起身朝伊迪亞等人的方向跑去。跑了幾步後，她停下來，回頭看看漢娜，又看看前方，想起自己忘記先替兩邊的人介紹。

「這是漢娜，我的朋友。」蘿麗塔伸出雙手，讓伊迪亞把自己抱起來，「這是伊迪亞和翡翠，和翡翠的……嗯，那個誰？」

蘿麗塔苦惱地皺著臉，一時想不起斯利斐爾的名字。

「斯利斐爾。」伊迪亞小聲給提醒。

「啊對，那是翡翠的斯利……斯利……」蘿麗塔無辜地歪了歪腦袋，「忘記了，總之是翡翠的人。」

蘿麗塔很快就把這事拋到腦後，反正她已經完成了介紹的工作。她驚奇地瞪圓眼，發現翡翠那邊多了三抹迷你人影。

蘿麗塔記得她與翡翠上一次見面的時候，並沒有這幾隻迷你妖精的蹤影。

那麼答案一定只有那一個。

「翡翠你生孩子了？恭喜啊，母親大人說生孩子很辛苦的，要多喝點番茄汁，我再送你五打吧。」

「不不不，我的身體沒有那種功能，而且我暫時都不需要有人送我番茄汁了，真的。」翡翠現在快要聞番茄色變，他可不希望自己房裡被滿滿的兔兔牌番茄汁侵佔，「不過這三位是我家的小朋友沒錯，瑪瑙、珍珠和珊瑚。」

被點到名的小精靈挺了挺胸，同時暗中觀察眼前這位曾被翡翠誇讚過的小公主。

瑪瑙用最挑剔的眼神將蘿麗塔從上到下打量完畢，從髮梢到鞋尖都沒有放過，篤定得到一個事實。

——沒有他可愛。

既然連對手也稱不上的話，瑪瑙就對蘿麗塔失去興趣了，他直接把臉扭過去，以後腦勺招呼對方。

珍珠的眼睛從書本後露出來，安安靜靜地盯了蘿麗塔的臉幾秒，又將書本位置重新移回原來的高度。

——沒有她迷人。

珊瑚的反應是三個小精靈中最強烈的，她瞠大桃紅色的眼睛，不滿地看著蘿麗塔絕對有超過兩顆小蘋果的身高。

太過分了，居然長得比珊瑚大人還大隻！

珊瑚的嘴巴抿成一條直線，可隨即又意識到自己站得比蘿麗塔高，頓時洋洋得意了起來，看蘿麗塔也覺得順眼了幾分。

「大妖精爲什麼會生出掌心妖精？唉，好難理解喔。」蘿麗塔的目光在翡翠和小精靈之間遊移一會，她愁眉苦臉地嘆口氣，三秒後又自動不管它了。

漢娜也在偷偷地觀察這幾名陌生人，尤其是翡翠。

她見過的暗夜族都是俊男美女，然而翡翠又更好看了。他的美貌讓人驚心動魄，不須做任何事就能讓人把注意力都放至他身上。

這地方被樹蔭覆蓋，明明顯得陰暗，但是翡翠站在這就像是會發光。

還有那三名小妖精也很好看，如果他們能再長得大隻一點，就會跟蘿麗塔一樣，像是能讓人抱住的漂亮洋娃娃了。

「翡翠是來這裡度假的嗎？要吃蘑菇嗎？我們這的蘑菇最多了。」蘿麗塔熱情推蕈，「有普通毒的，有點毒的，很毒的。劇毒等級的就不行了，那個連我們暗夜族也不能吃。」

想到沿路得來的菇類資訊，翡翠拒絕了蘿麗塔的好意。

「那要陪我們玩嗎？我跟漢娜在編花環。」

「殿下，翡翠他們晚點有工作要做，他們是接了委託才來的。」

「委託？你們也是冒險獵人嗎？」漢娜欣喜地上前一步，「我叔叔他們也是，他們是很厲害的冒險團呢！」

「不會有我們的厲害。」珊瑚嗤之以鼻，「有珊瑚我和翠翠在，繁星冒險團才是最強的！」

「叔叔他們的冬狼冒險團才厲害。」漢娜板著臉，不高興自己的叔叔被看低，「他們已經找到很多發光小菇了，你們找到幾朵？」

珊瑚一時回答不出來，她根本不知道發光小菇長什麼樣，她哼了一聲，用力地別開臉。

漢娜得意地咧嘴笑笑，覺得自己為叔叔爭回了面子。

「殿下，我們要去彩虹河，您要一起過去嗎？」伊迪亞沒忘記答應翡翠他們的事。

「漢娜要一起去嗎？彩虹河有彩虹出現的時候很漂亮呢。」蘿麗塔熱情地向朋友發出邀請。

「好啊，我可以負責抱著蘿麗塔。」漢娜期待的眼神落向伊迪亞，希望對方能把蘿麗塔還給她。

伊迪亞仍是掛著讓人心生好感的笑，手臂卻沒有鬆放開的意思，好似看不懂漢娜的央求。

先不論他沒待在蘿麗塔身側的時候，現在他都在了，身爲公主近衛的他自然不會把人交到一名外來者手上，即便對方是公主認定的朋友也不例外。

「我可以自己飛啊。」蘿麗塔一句話倒是解決了這個問題。

蘿麗塔擺出如同以往的姿勢，拳頭握緊緊，彷彿使盡全力地「嘿」了一聲。洋娃娃般的身影霎時消失，一隻胖胖的金蝙蝠拍了拍翅膀，搖搖晃晃地飛在空中。

這可愛的場景是伊迪亞百看不厭的，「那我們現在就去……」

「你想去哪裡啊？伊、迪、亞。」陰惻惻的女聲無預警從伊迪亞身後響起。

隨著質問的出現，一道人影俐落地從隱蔽的樹上跳下。

「呀啊啊啊！」漢娜沒想到會有黑影突然竄出，反射性驚叫出聲，瞧清影子的眞面目是曾見過數次的紅髮女法師後，她漲紅了臉，爲自己的大驚小怪感到有些丟臉。

佩琪連眼角餘光也沒有分出去，如鬼魅般欺近了伊迪亞的背後。

高大俊美的劍士寒毛一豎，身體僵住，感覺到自己腰側有硬物抵上，他往下瞄了一眼，果然是預料中的法杖。

他慢慢扭過腦袋，見到了一張覆著寒霜的清麗臉蛋，紅髮少女朝他扯開冷笑，另一隻手就要扭住他的耳朵。

伊迪亞反應極快地閃過，他往後跳了一大步，主動求饒，「佩琪妳放過我吧，雖然我也不知道我做錯什麼了……但總之，對不起！」

「你竟然還沒意識到你的錯誤嗎？」佩琪氣勢洶洶地逼向伊迪亞，要不是礙於外人在場，她的法杖早就對著他敲下去了，「你又亂買一堆東西回來了！」

「我沒有亂買。」明明伊迪亞人高馬大，但在佩琪面前卻氣勢全無，英俊的面孔反倒流露出一抹可憐兮兮，看上去像遭主人斥罵的小狗，不，大狗，「我只是買了……」

「買了半個車廂的東西回來。」佩琪好心地替伊迪亞把後半句補上。

「難道說……我們坐的那個車廂，裡面那些堆得跟山一樣的箱子都是伊迪亞一個人的嗎？」翡翠的記憶立刻被觸動。

他們來時搭乘的車廂內部又大又豪華，只不過有一半的空間被伊迪亞的行李佔據，那些像俄羅斯方塊緊密擺在一起的箱子、盒子，怎麼看都跟一座小山差不多。

翡翠還以為那些都是伊迪亞幫親朋好友代買的物品或禮物，沒想到全都是他自己的東西。

有錢，眞的好讓人羨慕啊……缺錢的精靈王再次感受到仇富的心情。

佩琪的眼神比冬日寒風還要凍人，「你塔爾都去過幾次了，紀念品這種東西第一次去的時候有買過就可以了吧，爲什麼每次去都還要買差不多的玩意回來？錢多也不是這樣花的！」

「佩琪妳不懂……」伊迪亞聲音微弱地試圖替自己辯駁，「只要是去外地，如果不買些紀念品，我就會覺得沒有去過那個地方，這是一種心情上的問題。」

「我可以現在就讓你體會身體上的問題。」佩琪面無表情地舉起法杖，「再給你一次機會解釋清楚。」

「啊啊，對不起！但我眞的抗拒不了買東西的快樂！」伊迪亞抱頭往翡翠幾人身後躲，就怕佩琪一怒之下，無視有外人在場，直接追著他暴揍一頓，「我買了之後就會後悔得想剁手，可是萬一眞剁下去，妳一定會乾脆把我整個人剁了！因爲……」

「在我看來，少了隻手的團長也不用當團長了，你清楚得很嘛。」佩琪冷哼一聲，不至於眞的失去理智，要上演暴力劇碼也得等蘿麗塔不在的時候，「算了，先放你一馬。要是再有下次……」

「沒有、沒有、沒有。」伊迪亞擺出最正直的表情。

不管下次會怎樣，總之先發誓再說。

見到伊迪亞有了反省之意，佩琪繃得緊緊的表情跟著軟化下來，「不是要帶殿下和翡翠他們去彩虹河嗎？走吧。」

「妳怎麼知道我們要去彩虹河？」珊瑚好奇地問。

「因爲她一定聽見了。」珍珠做出合情合理的推論。

世上大部分人都難以抵擋掌心妖精的魅力，佩琪也不能。

她對漢娜是擺著冷臉，但一看向珍珠與珊瑚，那種冷硬的氣勢消散許多，「妳說的沒錯，我一直待在殿下身邊，自然也聽見你們說的話。」

「妳一直在這裡!?」漢娜大吃一驚，她以為這地方原本只有她與蘿麗塔。

「我是殿下的近衛，怎麼可能讓殿下單獨一人。」佩琪又恢復了冷淡的神色，她對外人一向這般態度。

「蘿麗塔，妳也知道嗎？」漢娜求證地問道。

蘿麗塔點點頭。她的近衛有三人，分別是伊迪亞、佩琪、加爾罕，他們之中總會有一人隨侍在左右，保護著她的安全。為了不引人注目，他們會變回蝙蝠形態，藏身在隱蔽的角落或陰影處。

就像佩琪，先前都是倒掛在樹上，留意著蘿麗塔與漢娜的一舉一動，直到見到伊迪亞，想起他的敗家行為忍不住心頭火起，這才主動暴露出行蹤。

「那……妳怎麼沒事先跟我講啊……」漢娜的語氣有一絲連她自己也沒發覺的抱怨之意，「妳應該先跟我講的。」

她們明明是朋友了，蘿麗塔卻還有事情瞞著她，只要一想到這點，漢娜就開心不起來。

蘿麗塔不明白漢娜在意的點在哪裡，她迷茫地看看對方，又下意識看向自己的兩名近衛。

「不是要去彩虹河？」珊瑚沒耐心地催促，「你們不去，我們要自己去了。」

「啊對，彩虹河！出發了！」蘿麗塔被轉移注意力，興高采烈地負責帶路。她對浮光密林的每一處都相當熟悉，更不用說他們暗夜族的聖河了。

蘿麗塔沒忘記翡翠他們沒有翅膀，不像自己可以隨意穿越林間，以最短的捷徑抵達托耶庇里斯河。她挑選的都是方便人行走的路線，即使是像漢娜這樣年紀小的女孩，也能獨自走得穩當。

「我們會走出安全區嗎？」漢娜緊跟著隊伍。

「會唷，不過有佩琪他們在，不用擔心的。」蘿麗塔對此信心滿滿。

「加爾罕呢？」伊迪亞向佩琪確認另一名同伴的去處。

「加入巡邏隊幫忙了。」佩琪說，「免得冒險獵人在林中遇難，找不到回村的路。

說到巡邏隊……殿下，巡邏隊那邊送了甜心花過來，是外面村莊的小孩送妳的禮物。」

「什麼？什麼花？」蘿麗塔好奇地扭過身軀，差點因沒注意前方而一頭撞上樹幹。

幸好伊迪亞眼明手快，及時輕輕推了蘿麗塔一把，讓她改變了飛行方向，沒把自己撞出一個包。

「甜心花，我記得是馥曼的特產。」翡翠被勾起回憶，「在太陽底下會散發甜甜的味道，溫度越高，味道就越濃。如果有一大把，大概就像把人泡在黏稠的糖水浴池裡面吧，即使沖乾淨，依然覺得它們黏在身上，味道揮之不去。彷彿侵入你的皮膚底下，和你的內臟融爲一體。如何，有沒有對甜心花充滿印象了？」

伊迪亞和佩琪沉默地加大步伐，恨不得與這位把植物介紹說成恐怖故事的綠髮妖精遠遠拉開距離。

「翡翠你說得好仔細喔！」蘿麗塔關注的反而是另一點，「你一定很喜歡馥曼對不對？那我把甜心花送給你好了，好東西要和好朋友分享！」

「不用、不用，眞的不用！」翡翠忙不迭拒絕，隱約還聽見斯利斐爾的嗤笑聲，像是在笑他活該。

「既然您喜歡，回程時在下會送您到馥曼再住個七天六夜的，您一定會很開心。」斯利斐爾抬手攔住想跳到蘿麗塔身上的珊瑚。

「我一點也不開心，謝謝。」翡翠把這筆帳記下。晚上睡覺時他要叫瑪瑙撲在斯利斐爾臉上，讓對方感受五秒不能呼吸的痛苦。

馥曼那座城市簡直是他的剋星，凡是能想到的食物都被加了大量的糖，甜度足以殺死普通人的味覺。

翡翠自認是普通人，而不是嗜甜的螞蟻人。

「這裡離馥曼很近嗎？」翡翠驀地想到這個疑問，否則怎會有人送甜心花過來。

「您再不好好背下大陸地圖，就別怪在下用粗暴的方法將它們塞進您空空的腦子裡面。」斯利斐爾看翡翠的目光有如在看一塊朽木。

「翠翠腦子才沒有空空。」瑪瑙不高興地嘀嘀咕咕，「明明就塞滿我啊……」

「這裡離馥曼城還有一段距離。」伊迪亞爲翡翠說明，「佩琪說的村子歸屬在馥曼底下，但那村子比較靠近我們領地的邊界，村裡的小孩有時會跑進森林裡。」

「然後我也會跑到外層的森林，就和他們一起玩了。」蘿麗塔開心地說，「我是可愛的公主，大家喜歡送我禮物，是、是……是……」

蘿麗塔說話開始有些上氣不接下氣，最後面的一句話拆成了好幾段來講。

「很正常的！」

佩琪的視線緊盯著蘿麗塔，一發現她的身子搖搖欲墜，馬上伸手往下接，順利接到了一顆金圓球，避免了她摔落在地的悲劇發生。

蘿麗塔喘著氣，氣喘吁吁地趴在佩琪掌心中，放棄自立自強了，「累死我了，飛不動了……跟你們說，我還有從人類小孩那邊收過星星糖喔。聽說是特殊的大糖果，那個又甜又漂亮，他們送了我兩顆，我只吃掉一半，剩下的一顆半埋到土裡了。我種下了星星糖，明年一定會長出更多的星星糖，公主眞聰明對不對？」

「蘿麗塔，那只是糖果，就算妳種到土裡也不可能……」漢娜覺得這想法太幼稚。

「殿下明年一定能收穫滿滿的。」伊迪亞笑容滿面地截斷了漢娜未竟的話。

翡翠知道那個星星糖是什麼了。

就是前陣子他們在馥曼城主府地下室做手加工，連夜趕工包裝的祭典糖果。

還眞沒想到會那麼碰巧地被送到蘿麗塔手上。

「有水流的聲音。」珍珠忽地把書闔上，往下遞給了斯利斐爾，打算晚一點再看。

「但還要再走一段才……」伊迪亞的疑惑驟然吞下，他想起妖精的聽力比其他種族來得敏銳。

「我聽到的是腳步聲。」珊瑚搖頭晃腦，「有好幾個人往這走過來啦。」

佩琪馬上停步，伊迪亞反而大步一邁，站到了佩琪的前方，將她和蘿麗塔擋在自己身後。

雖說浮光密林近日有許多接受委託的冒險獵人出沒，但沒人可以保證待會出現的會不會是不軌之徒。

珊瑚的話才說完沒多久，三名暗夜族也捕捉到有人走動的聲音。

一、二、三，有三個人往他們逐漸靠近。

下一刻，樹林另一側走出一名體型精悍的棕黃髮男人。

他頭髮亂糟糟，下巴帶點鬍碴，嘴下有一道褐色疤痕，形狀像個勾子，從嘴角沒入頰邊。

男人身後跟著一對與他年紀差不多的男女，前者身材瘦小，後者高挑健美。

這三人顯然也沒料到會在這裡撞見自己以外的人，愣怔一瞬後，他們最先被翡翠美得讓人驚心動魄的容貌吸引住，隨後才發覺到這群人中居然有一抹熟悉身影。

「漢娜？妳怎麼在這裡？」葛萊特眉頭緊緊皺起，對姪女出現在這有絲不悅，「妳不是答應過我，會乖乖待在村子裡嗎？」

「叔叔……」漢娜縮縮肩頭，垂著眼不敢直視葛萊特，沒想到自己這一次會被對方逮個正著。

平常時候，葛萊特和他的同伴都是快入夜才返回村裡，而那時她早已回到旅館，不會被他發現自己跑出村外的事。

漢娜一喊出「叔叔」兩字，翡翠他們就知道眼前幾人是冬狼冒險團了。

「漢娜是陪我玩啊。」蘿麗塔出聲，為自己朋友解釋，「而且我們很多人一起，她不會有危險的。」

葛萊特是在聽見那道稚氣嗓音後，才驀然留意到蘿麗塔的存在。

他下意識尋找聲音來源，緊接著他的視線就牢牢地鎖定住佩琪掌心上的金蝙蝠，足足好半晌才移開。

「老大……」葛萊特身後的短髮女人睜大眼，剛想對葛萊特說些什麼，就得到他一記制止的眼色。

「你們也是接了暗夜族委託的冒險獵人？」葛萊特詢問的對象包括佩琪與伊迪亞。也難怪他會誤認，畢竟他們兩人的外表缺少了暗夜族的顯著特徵。

「我們是暗夜族的。」伊迪亞和氣地說，「你們是冬狼冒險團吧，這附近沒什麼發光小菇，你們可以往南邊走，那裡應該能發現不少。」

「你們是暗夜族？你們這時候不是應該在睡覺嗎？」葛萊特右後方的男人叫安德魯，他個子瘦小，可一雙黃銅色眼睛泛著精光，令人想到暗夜中盯住獵物的蛇。

「暗夜族也是有夜日顛倒的。」伊迪亞還是一副好脾氣的模樣，「如果沒什麼問題的話，那我們……」

「漢娜，過來。」葛萊特的眉頭依然沒鬆開，「下次別再亂跑出來了，妳跟我們一起行動，別給人家帶來麻煩。」

「漢娜，還不快點過來？」短髮女人艾曼達朝漢娜招招手，「帶妳去看看有趣的東西，不快點老大就反悔了。」

「我可以跟叔叔你們一起去探險嗎？」原先以為自己得回村待著的漢娜猛地抬起頭，一掃低落的神色，雙眼重新散發光采。

葛萊特的臉色也緩和了幾分，「之前是怕妳碰到危險，不過現在想想，叔叔也不該讓妳獨自待在村裡。跟妳朋友說再見吧，改天妳們再一起玩。」

「蘿麗塔，那我改天再找妳喔！」漢娜早就想跟著叔叔的冬狼冒險團一起參與工作，她朝蘿麗塔揮揮手，興奮地跑到葛萊特身邊，「叔叔、叔叔，我們待會要去哪裡？可以去看發光小菇生長的地方嗎？」

「肯定是會看到的。」艾曼達笑著對漢娜說，主動牽起她的手，「這樣就不怕弄丟我們老大的姪女了。」

漢娜的眼睛笑瞇成月牙狀，臉上是藏不住的開心。

蘿麗塔也看得出漢娜更想與家人多一些相處時間，她揮動了下小翅膀當作道別。

佩琪很快就把雙手微微合起，不讓金色胖蝙蝠沐浴在外人的目光之下。她朝伊迪亞抬抬下巴，一行人繼續朝著彩虹河的方向前進。

葛萊特他們則是在原地多逗留了一會。

「叔叔？」漢娜不解地仰起頭，「我們還不走嗎？」

「這就走了。」葛萊特不再注視翡翠一夥人消失的方向，改與同伴繞往另一端，

「漢娜，妳是什麼時候認識新朋友的？」

「在村子裡認識的。」其實漢娜是在安全區碰到蘿麗塔的，但怕被葛萊特責罵，她決定說個小謊，「她叫蘿麗塔，是很可愛的女孩子。叔叔你們不在的時候，都是她陪我一起玩。」

「看樣子妳跟她感情很好。」葛萊特笑意加深，帶動了唇邊的疤痕，讓那道勾子扭曲成更猙獰的形狀。

漢娜像隻小鳥嘰嘰喳喳地說，「我們感情非常好。叔叔，你一定想不到，蘿麗塔還是公主殿下喔，我和一位公主成為好朋友了！」

「漢娜，妳做得很棒。」葛萊特和藹地摸摸漢娜的頭髮，笑意更深。

葛萊特收養漢娜後，讓她衣食不缺，但鮮少對她做出如此親近的舉動，他給人的感覺更像個一板一眼的嚴肅監護人。

這讓漢娜雙眼閃閃發亮，面頰也因為欣喜而染得通紅。她有些害羞地摸摸自己的頭

髮，控制不住的笑容讓她的小酒窩露出來。

她一定可以做得更棒，這樣就能讓叔叔多稱讚她了！

第5章

翡翠第一眼看見彩虹河的印象——就是大。

好大的一條河。

或者應該說好寬的一條河。

粗略估算，從他們所站位置望過去，河面大概有數公里的寬度，假如只截取一部分來看的話。

也許還會讓人誤認為這是一片寬廣大湖。

河面流速平緩，河水中央呈現深藍，更外圍的地方轉成碧藍，靠岸邊的部分則是偏向淺藍。

乍看之下，就像是一顆色澤多層次變化的美麗藍寶石。

好看是好看，但是……

「不是七彩顏色的嗎？」翡翠發自內心地提出疑問。

「什麼？」佩琪不明白翡翠的話怎會跳到這裡，「什麼東西七彩顏色？」

「河啊。」翡翠說，「既然都叫彩虹河了，我以爲會見到紅橙黃綠藍靛紫七種顏色。」

「您怎麼會這麼想？」連斯利斐爾都覺得匪夷所思，「法法依特大陸上的河流，沒有一條是這種……過度繽紛的顏色。」

「但明明叫彩虹河嘛……」翡翠咕噥，「而且連虹兔都能吐出彩虹……等等，不會這裡也有什麼可以吐出彩虹，所以這條河才會叫彩虹河吧。」

「伊迪亞到底是怎麼跟你講的？」佩琪凌厲的目光準備瞪向罪魁禍首，卻不見伊迪亞的人影。

「伊迪亞剛剛說他去準備船了。」趴在佩琪掌心上的蘿麗塔軟聲地說。

「是要遊河嗎？其實不用趕在今天的。」翡翠搖搖手。

「你們確定不一起來？你不是想看彩虹？」佩琪納悶地問，「要到河中央才比較有機會看到彩虹啊。」

這下換翡翠一愣。

三名小精靈這時已經從初見大河的驚訝中回過神來。

「好大的浴池！」珊瑚雙眼冒光，「想泡、想泡！翠翠，珊瑚我可以在裡面游泳嗎？」

翡翠看看巴掌大的珊瑚，再看看那廣袤的河面，果斷地拒絕了。

「翠翠要游泳嗎？那我陪……」瑪瑙忽然打了一個呵欠，睡意突如其來地湧上，而且來得猛烈。

發現瑪瑙忽地沒了聲音，翡翠低下頭，看見瑪瑙睏倦地揉著眼睛。

「不想睡，要陪翠翠游泳……翠翠會脫光衣服嗎？」瑪瑙的聲音越來越小，變得含糊糊，「想跟翠翠一起。」

「乖乖睡吧。」翡翠輕手輕腳地將瑪瑙從口袋裡拎起，放回包包內，那裡才能讓小精靈們安心地睡著。

在被放進包包前，瑪瑙猶然頑強地緊抱著翡翠的一根手指不放。

但來勢洶洶的睡意終於還是戰勝他的意志力，讓他失去了緊抱翡翠的力氣，逐漸滑落至背包裡。

彷彿被瑪瑙的睡意感染，珍珠也慢悠悠地打了一個秀氣的呵欠，就連前一秒還精力充沛的珊瑚腦袋也開始往下一點一點的。

不用翡翠開口，斯利斐爾就先一手捧住一個小精靈，送到了他眼前。

「他們這麼早就睡覺，跟母親大人一樣耶。」蘿麗塔悄聲地說，「他們也喜歡早睡早起嗎？」

翡翠不確定這回瑪瑙他們會睡多久，但他可以肯定，他的三個崽崽才不像暗夜族喜歡早上睡，凌晨才起來。

「他們喜歡健康的作息。」翡翠說。

「母親大人也說她的早睡早起很健康。」蘿麗塔拍拍翅膀，從佩琪掌心移到她背上，金蝙蝠變回了小女孩的模樣，「伊迪亞還沒回來嗎？今天有翡翠和我在，看見聖蛇的機率一定很高的。」

「聖蛇又是什麼？」翡翠只覺問號不停冒出。

「就是你想看的彩虹呀！牠最喜歡長得好看的人跟閃閃發亮的東西。」蘿麗塔習慣性想捧著臉頰，卻一時忘記自己趴在佩琪背上，手剛舉起，小小的身子就唰地往下掉。

佩琪訓練有素地撈住了蘿麗塔，改將她抱在前胸處。

「等一下。」翡翠試圖釐清現況，「所以彩虹河裡的彩虹其實是……一條蛇？」

「這裡也會有一般的自然彩虹，但出現機率還沒聖蛇高。我們都叫牠彩虹蛇，牠很大很漂亮，有著七彩顏色。牠一游過，水中就像有絢爛的彩虹一閃而逝。」蘿麗塔將手摀在嘴邊，對著翡翠說起悄悄話，「不過牠喜歡大家喊牠聖蛇，聽說牠已經活了很久很久。母親大人說，聖蛇再活久一點就會變成專吃不乖小孩的蛇了。佩琪，是眞的嗎？」

「當然是假的。」佩琪順勢把話題接過來，「陛下只是開玩笑。現在的其實是第五代聖蛇，牠們也會一代一代輪替的。傳說，我們暗夜族人在死去的時候，身上會飄出光明與黑暗，如果任憑飄散，光明會撫慰大地，但是黑暗卻會危害大地，因此它們一律會被聖蛇吸收。」

「聖蛇不能只吃黑暗嗎？」蘿麗塔好奇地問，「這樣光明就可以留給我們了。」

「只吃黑暗，聖蛇的身體也會撐不住，所以才需要光明來平衡。」佩琪笑著解釋。

翡翠表面專心聽著佩琪的解說，腦海中已經開始瘋狂戳著斯利斐爾。

「斯利斐爾、斯利斐爾、斯利斐爾、斯利斐爾爾爾——」

斯利斐爾忍耐地閉下眼，覺得自己大腦裡彷彿有一堆貓咪在瘋狂撓爪還喵喵叫。

「您叫一次就夠了，請您閉嘴。」

「我又沒張嘴巴，重點不在我的嘴巴。」

斯利斐爾很想說某方面的確是，但他只是捏捏自己紋路加深的眉心，這都是拜這位精靈王所賜。

「您想表達什麼？」

「當然是世界任務！」要是不知道彩虹河名字的由來是取自彩虹蛇，翡翠或許還不會那麼頭痛。

世界任務要他們進去彩虹河裡撈金幣。

現在問題來了，他們是要跳河？

還是跳進那條蛇的嘴巴裡？

翡翠個人非常想選跳河，但依照以前幾個世界任務的經驗，跳入蛇口的可能性……似乎、恐怕、或許，也不會那麼低。

翡翠不敢想得太篤定，以免自己烏鴉嘴。

「你覺得，世界意志指的到底是托耶庇里斯這條彩虹河，還是河裡那條彩虹蛇？」

面對翡翠的詢問，斯利斐爾平平靜靜地說，「在下覺得……」

「算了，你還是別說了。」翡翠果斷結束頻道內的通話，就怕眞神代理人一張口，說的就是他不想要的那個答案。

就在這時候，伊迪亞也回來了。

他划著一艘可以乘載四至五人的小船，從河邊往翡翠他們的方向靠近。

「伊迪亞！」蘿麗塔的精神又來了，開心地朝伊迪亞大力揮手，袖口因爲劇烈的擺動而下滑了些。

翡翠一瞥，正好瞧見那截雪白手腕上的異樣，「蘿麗塔，妳的手怎麼了？」

蘿麗塔困惑地看向自己的左手，什麼異樣也沒有。

「殿下，翡翠說的是妳的右手。」佩琪托住蘿麗塔的手腕，也看清了上面的黑色斑點，約莫指尖大小，但有好幾塊散布其上，登時像是白玉上染了瑕疵，「怎麼回事，殿下妳又偷偷吃了什麼？」

「沒有啊。」蘿麗塔一臉無辜地戳戳手指，「我昨天只是吃了那個像頭髮的菇，前天吃了像冰淇淋的菇，然後還吃了這個那個……」

佩琪一聽就知道，這分明是吃太多，連自己都數不過來了。

好在暗夜族對毒菇的抗性相當高，加上大家小時候也都是這麼來的，看到感興趣的都忍不住抓起來塞進口中，佩琪只是眉頭一皺，很快又鬆開。

「只是黑點點而已，別在意、別在意。」蘿麗塔淡定自若地擺擺手，「上一次我還變成紅頭髮，每根髮絲還都豎起來。」

「伊迪亞小時候也曾亂吃野菇，把自己的皮膚弄成三個顏色。」佩琪順便抖出伊迪亞幼年的功績。

把船划近岸的伊迪亞不曉得自己被人賣了，待眾人上船，仍沒想明白為什麼蘿麗塔和翡翠要盯著自己的臉和身體瞧。

「我們到中間一點的位置去。」伊迪亞擺動船槳，駕輕就熟地操控著小船的方向，「翡翠你可以站起來，靠你的美貌說不定就能吸引聖蛇出現了。」

翡翠站起眺望遠方，河水水面還是一樣平緩，看不出有沒有大型生物出沒，「對了，你們的聖蛇多大？」

「可以把我們整艘船吞進去的大小。」佩琪說。

啊，感覺要跳進蛇口裡的預感越來越強烈了……翡翠甩甩頭，強迫自己先別多想，還是改想一些能改變心情的東西好了。

說起最能讓翡翠心情轉好的，就只有跟吃有關的了。

這裡有什麼吃的？除了多到數不清的毒菇之外，就是……

翡翠霍地靈光一閃，只差沒激動地握拳擊掌。

就是蛇啊！

他沒吃過，但在原世界就曾聽說蛇肉鮮嫩可口，沒有丁點腥味，比雞肉還要滑嫩，但口感又帶著緊實。最基本也最美味的吃法，據說就是燉一鍋蛇肉清湯。

「不知道聖蛇能不能……」翡翠不自覺地出聲。

斯利斐爾現在只要看到翡翠的眼神，就能猜出對方在想什麼，反正跟吃都脫不了關係。他面無表情，手掌快若疾雷地緊緊摀上翡翠的嘴巴，把他最後一個字生生堵回去。

翡翠也回過神來，趕忙用眼神示意，他只是不小心沉迷在想像中了。

他不是眞的想吃掉人家的聖蛇……嗯，眞心話是多多少少有點想啦。

但翡翠也分得清狀況，他們現在可是站在別人家的地盤上，因此再怎麼覬覦，也不會做出失去理智、危害到全體的事。

「翡翠你看，就在那邊的那邊的那邊！就是遠遠的那邊！」蘿麗塔差點把身子探出船外，嚇得佩琪趕緊抱住蘿麗塔的腰，「我的星星糖就種在那裡！」

「哪裡？」翡翠的眼力再怎麼好，也只看到遼闊的水面和矗立在遠方的蒼鬱樹林。

「在彩虹河的對面。」蘿麗塔也發現這裡看不見她說的東西，大感惆悵地收回手指，「我種了糖果，還在它們旁邊用燈菇圍了一個愛心，這樣就不怕以後找不到了。」

翡翠腦中跳出燈菇的資料。

那是一種咖啡色的大蘑菇，只要把蕈傘頂端部分挖空，就會發出螢光。可惜味道不好，否則眞是旅行中的好幫手，可用還可吃。

「要是明年眞的收成新的星星糖，請務必找我來開開眼界。」翡翠壓下對燈菇的遺憾，正經地說，「然後也請務必分我三分之四的量。」

「您的腦子也被猶他海百合打過了嗎？」斯利斐爾的聲音浮現在翡翠腦海中，那語氣說有多嫌棄就有多嫌棄，「土裡不可能種出糖果的。」

「這裡不是魔法世界嗎？要懷抱夢想與希望啊。」

「呵。」斯利斐爾的笑聲注入滿滿的嘲弄，「那在下倒希望您能種出一顆新的、聰明的、有用的腦袋。」

翡翠給了他一個「你可眞惹人嫌」的眼神。

「好啊好啊。」蘿麗塔當然不會知道這對主僕之間的暗潮洶湧，她樂呵呵地點頭，「給翡翠三分之四，我自己則是留……留……」

蘿麗塔一時算不出來，只好將求助的眼神投向兩名近衛。

伊迪亞尷尬地笑了笑。

佩琪則是不客氣地朝翡翠翻了記白眼，「殿下，別被他騙了。要是三分之四都給他，妳就一顆糖都沒有了，還得另外倒貼出去。」

蘿麗塔瞪圓眼，嚇得摀住了自己的胸口。

猝不及防間，他們搭乘的小船突然一個晃動，似乎是船底撞上了什麼。

翡翠反射性先抱好自己的背包，小精靈們的安全最爲重要。

「伊迪亞，怎麼回事？」佩琪一手抱緊蘿麗塔，一手飛快拿出字符，隨時做好發動魔法的準備。

「也許是聖蛇出現了。」伊迪亞鬆開槳，謹慎地探頭查看。

他以為自己會看到七彩絢麗的粗長身影，萬萬沒想到會無預警看見一隻手從水裡冒出，重重地拍上船緣。

那一聲嚇得伊迪亞心臟緊縮，身子飛也似地朝後退，一張俊臉褪去血色。

下一秒，換另一隻濕漉漉的手攀上來。

最後是一顆紫色的腦袋從水面底下冒出。

第一時間，翡翠彷彿看到了紫色的長長水草，緊接著他反應過來那是某人的頭髮。

紫髮男子撥開髮絲，露出昳麗卻不顯陰柔的五官，眉宇間自帶一股憂鬱氣質，淺藍色的眼睛有如沐浴在晨光下的剔透玻璃珠。

蘿麗塔深深被驚艷到，情不自禁地「哇」了一聲。

「打擾了，請問我可以上來嗎？」紫髮美男子的聲音像是澄澈的流水，優雅地拂過眾人耳畔。他有禮貌地詢問著，但同時不等人回答便自動自發地敏捷上船。

他這一站上來，讓人得以清楚看見他的全貌。

如朦朧煙霞的紫色長髮長至腳踝，末端鬈曲，髮絲間散落著銀色星星作爲裝飾，舉手投足顯現與生俱來的清貴。

他晃了晃腦袋，所有附著在他髮絲、皮膚，還有衣服上的水珠轉眼消失，整個人乾爽得一點都不像是剛從水裡出來。

接著他朝翡翠綻放出瑰麗夢幻的笑容。

「我是不是眼花產生錯覺了……」翡翠仰高著頭，喃喃地說。

「在下相信您的眼睛沒瞎也沒壞。」斯利斐爾冷靜指出。

「所以我眞的……」

「是的，您眞的看到了，您未來的儲備糧食、您未來的蝦肉庫存、您未來的海鮮供應商，看您喜歡哪一個稱呼。」斯利斐爾體貼地爲翡翠列出多個選項，「當然前提是您的過敏症好轉，在下祝福您在這次任務完成後，能有好的獎勵出現。」

「不，爲什麼你的語氣聽起來更像在說我永遠好不了？」翡翠感到一支又大又紅的旗子插在他頭上。

在他的世界，俗稱叫立FLAG。

「喔，您聽得出眞是太好了。」斯利斐爾敷衍地說，「在下還眞怕您當眞了。」

「好久不見，翡翠。」整個人像打了一層柔光濾鏡的美男子蹲下身，迫不及待地伸出皓白的手腕，「你能吃我了嗎？我現在就切幾片肉下來給你如何？生吃最新鮮喔。」

翡翠似乎被他的大膽熱情震懾住了，可實際上，他的內心正發出大叫。

誰來告訴他，應該待在東海的紫羅蘭爲什麼會出現在這地方！

遊河計畫中途宣告夭折。

暗夜族的地盤突然跑出一個海族，還是從人家聖河裡冒出來的，就算他是翡翠的朋友，也仍舊被上報至長老團。

得知紫羅蘭的全名後，那位因年紀最小、排位最低，因此被強行從睡夢中挖起來的長老只叮嚀了幾句，便果斷把人放走。

紫羅蘭．極火。

那可是東海皇族的姓氏。

把人帶到長老面前的伊迪亞和佩琪，負責再把人帶回去給翡翠他們。

佩琪不管對外人或自己族人都習慣板著臉，唯有對蘿麗塔才會展現溫柔的一面。

但此刻走在紫羅蘭身側，她的表情不只是嚴肅，在伊迪亞看來，簡直像如臨大敵。

就好像這位海族是什麼恐怖的毒蛇猛獸。

啊不對。伊迪亞在心裡替自己的形容修正一下，聽說海族皇室的原形都是驚人的巨大海生物，那麼的確稱得上猛獸沒錯。

雖然不曉得原因，但佩琪彷彿把紫羅蘭當成某種災難，送人返回前還不忘拿出了自己的法杖，一副全副武裝的模樣。

佩琪警戒的目光一直沒離開紫羅蘭，她就好像炸毛的貓，隨時會因爲紫羅蘭的任何動作而做出反擊。

只要回想起不久前目睹的那一幕，佩琪頓覺頭皮發麻。

東海皇族是這麼變態的族群嗎？竟然想現場割下自己的肉餵食給翡翠吃。萬一這傢伙突發奇想，也亂餵給他們的公主殿下怎麼辦！

幼年期的暗夜族都還傻傻的，很容易就會被騙過去的！

紫羅蘭自然不會沒察覺到身邊紅髮女法師的注目，他微微側過頭，藍瞳與對方視線撞個正著。

佩琪的瞳孔不自在地一縮。

「妳不用擔心。」紫羅蘭好似看穿佩琪的想法，輕聲細語地對她說話。他的神情依然溫柔又憂愁，令人看了忍不住心頭揪緊，「我身上的任何一部分，是只給翡翠吃的。翡翠以外的人，我不會放在眼裡。」

佩琪眼睫一顫，連忙收回視線。

「爲什麼只給翡翠？」伊迪亞忍不住問出口。

「因爲他是我的救命恩人啊。」紫羅蘭揚起高雅的微笑，「報恩，不就是要以身相許嗎？」

假如不是礙著紫羅蘭是身分地位都比他們高出太多的東海皇族，伊迪亞和佩琪幾乎想當場猛力搖手。

不不不，從來沒聽說過這種的以身相許啊！東海皇族的腦袋確定沒問題嗎？

不管有沒有問題，伊迪亞他們還是把紫羅蘭送到了翡翠他們落腳的地方。他們沒有跟著進去屋子內，把人送到門口處便轉身離開。

掠影村的旅館相當有特色，它們圍繞著驚人的巨樹建造出平台，多幢小屋呈環狀相連起來，一圈圈地朝上延伸，上下樓層則以螺旋樓梯相接。

翡翠幾人住在二樓，紫羅蘭便要求把他的房間安排在對方的隔壁。

雖然很想要同一間，這樣說不定就能趁翡翠睡著的時候，偷偷塞個最新鮮滑嫩的生魚片到他的嘴巴裡。不過紫羅蘭想到翡翠身旁的斯利斐爾，登時又打消了這個念頭。

那名銀髮男人天生帶給他一種壓迫感，而且在對方的眼皮底下，想要成功得手恐怕也相當困難。

幸好翡翠不知道紫羅蘭內心的想法，否則他會綻放清麗出塵的微笑，然後冷酷毅然地把門關上，順帶在門板掛上「紫羅蘭與蝦都禁止入內」的牌子。

海鮮過敏症了解一下好嗎？這究竟是想報恩還是報仇？

將自己帶來的行李安放好，紫羅蘭迫不及待地前往翡翠幾人的房前敲門。

只是他的手指剛屈起，都還沒眞正地落在門板上，木板門忽地自動打開了。

紫羅蘭沒多想，只滿心歡喜地以爲恩人與自己是心靈相通。他大步邁進，然而迎接他的卻是滿室的空蕩。

裡面一個人也沒有。

紫羅蘭錯愕地張望一圈，包括浴室和床底、衣櫃都沒有放過，可這房裡確實是空無一人。

下一剎那，關門聲倏地響起。

紫羅蘭飛快轉身，同時數道冰刺已凝結在他身前，只要一有不對勁，鋒利的刺擊便會呼嘯而出。

映入眼內的是一抹似曾相識的身影。

半透明的少年雙手環胸地待在門前，他的長髮是深暗的鴉羽色，末端的艷紅令人恍如見到火焰燃燒；寬大的袍子輕飄飄地罩在他的身上，露出他光裸的雙足。

而他的雙眼，赫然以紅布條覆住，卻依然能讓人深刻地感受到視線感。

紫羅蘭清楚地察覺到，對方在「看」自己。

「你就是翡翠的客人？」在確認眼前之人比不過自己的完美之後，縹碧漫不經心地扔出問題，「翡翠有話留給你，他們去做委託了，等天色暗下才會回來。」

「我是不是見過你？」紫羅蘭眉頭微蹙，身前飄浮的冰錐仍未撤下。

「海族的記憶力有那麼差嗎？還是我睡太久，現在的海族都變笨了？」縹碧無視紫羅蘭，慢悠悠地爲自己倒茶，他的身體也從半透明凝結爲實體，「你變回原形可是快毀了我的頂層，雖然最後它們還是全毀了。」

紫羅蘭瞳孔一縮，縹碧給的提示太過明確，讓他不回憶起來都難。

縹碧之塔……

大魔法師伊利葉的遺產！

那名躺在透明棺木中，雙眼蒙著紅布的黑髮人偶！

「你不是早就……」紫羅蘭猶記得高塔分崩離析的一幕，玻璃棺裡的人偶分明也隨著地板塌陷而墜落深淵。

不是從此不見天日，就是在重壓下支離破碎。

「我是伊利葉的遺產，也是縹碧之塔的守護者，怎麼可能輕易受到毀壞？」縹碧輕蔑地嗤笑一聲，身子輕飄飄地在房內的一張椅子上落下，「算起來你們還得感謝我，那個讓你們吃了苦頭的人，我直接替你們鏟除了。」

當時在高塔頂端讓他們吃足苦頭的……那名噬心者，蓋恩！

「是你殺了他？你對他施了詛咒還是用毒嗎？」紫羅蘭看向縹碧的眼神越發戒備。

翡翠當時陷入昏迷不清楚詳情，但紫羅蘭曾聽瑞比抱怨一堆，說蓋恩死前不知是碰觸了塔內的什麼東西，才導致他的屍體有部分出現詭異的焦黑色，一碰就碎化。

縹碧轉頭面向紫羅蘭，這動作讓人產生了他似乎在注視某人的錯覺。

「那跟我無關。」縹碧漠然地說，「我只是貫穿他的胸口而已。他對我的契約者出言不遜，甚至還想再危害他，我當然要斬草除根。」

紫羅蘭沒有問契約者是誰，這答案已經擺在眼前。

那時贏得最後勝利的人是翡翠，如今這名自稱縹碧之塔守護靈的少年亦出現在這，和他締結契約的人……

也只會是翡翠。

紫羅蘭將蓋恩死因的疑點默默記下，打算之後再與瑞比作爲情報交換。

神厄的勢力遍及南北大陸，如果能借助他們的力量，可以更快達成他來到大陸上的目的。

第6章

時間悄無聲息又快速地流逝，浮光密林藏在大山裡，所以天色暗得比他處早。沒有茂密樹椏遮擋的村落天空可以清楚窺見繁星點點，夜幕上有如星羅棋布。隨著夜色到來，村裡的暗夜族紛紛起身活動。

這時刻對暗夜族來講，可謂他們精神最好的時候。

處處可見蒼白人影一晃而過，假如是在陰暗處，不細看還以爲撞見了亡靈出沒。

燈火亮起，店家掛上了「營業中」的木牌。

少數暗夜族小孩在村內四處跑來跑去，像精力永遠用不完一樣。

冒險獵人們也陸續從森林中歸來，將近百人或更多的人數，一下子便讓掠影村熱鬧萬分。

接下暗夜族委託的冒險獵人來自大陸各地，其中以加雅和華格那兩處爲主，馥曼和塔爾離浮光密林較近，來的人卻反而少。

翡翠他們在林內多逗留了一段時間，直至入夜一陣子後才折返回村。主要是翡翠想要找找有沒有毒蘑菇以外的東西吃，可惜他失望而歸。

才剛接近村莊，他就聽見鼎沸人聲，吵吵嚷嚷，到處都能見到冒險獵人三三兩兩地聚在一塊。

餐館和小酒館更是爆滿，新添的桌椅只能擺在戶外，好在天氣極佳，配合著懸掛在屋簷下的植物造形小燈，格外有氣氛。

熟食香氣飄散出來，勾得肚子裡的饞蟲蠢蠢欲動，還能聽見啤酒杯底豪放敲在桌上的聲音。

「服務生，再來一杯麥酒！」有人大嗓門地喊。

自從正式成爲塔爾的冒險獵人以來，翡翠和其他冒險團並沒有太多接觸，大多數時間都在爲了世界任務和各種賺錢的委託而奔波。

若要說起和他關係最親近的，大概就是塔爾分部和華格那分部的負責人了。

因此放眼望去，對翡翠來說，這些人全都是同等陌生的面孔。

他停下腳步，打算和斯利斐爾商量待會的晚餐該怎麼解決。

同一瞬間，所有人的目光幾乎都集中在翡翠身上。

妖精一向引人注目，而翡翠的容姿甚至遠超過大多數的妖精。

他的美麗是任何人見到了都會認同的美——馥曼城主除外，他的審美觀已經算是異於常人了。

「妖精小兄弟你也在這？眞巧啊，你們也是接下了暗夜族的委託嗎？」一道飽含驚喜的嗓音驟然插入，也打斷了翡翠和斯利斐爾的談話。

突然有人前來搭話，翡翠一臉納悶地看向來到他眼前的棕髮男人。

這人腰間佩著長劍，背後還揹著一柄更大型的重劍；胸前覆著簡易的深色皮甲，手上戴著皮革手套，後方跟著的三人則明顯是他的同伴。

「你還記得我們嗎？利劍冒險團。」哈維咧嘴一笑，「我們在馥曼分部外面遇過，那時候你還向我們問話呢，那次認錯你性別眞不好意思啊。」

「團長，你這樣說誰記得起來啊？」副團長莫雷提不客氣地吐槽。

「就是就是。」揹著長弓的布朗多附和點頭。

「就是就是。」紮著俐落辮子，在脖子、手腕和手指掛著多項飾品的凱利故意重複，毫不掩飾自己對團長的嘲笑，「而且聽起來超像三流的搭訕台詞。」

哈維扭頭對自己的團員露出冷笑，「下次回馥曼的時候，就由凱利負責去跟卡薩布蘭加他們報到。」

凱利的嘲笑凍住，雙眼震驚瞠大，一副隨時要暈過去的模樣。

這下換其他人嘲笑起凱利了。

經哈維這麼一提，翡翠倒是真的勾起記憶了。

初次到馥曼時，他的確有向人打聽馥曼分部的狀況，沒想到會在這裡再碰上對方。

「我是翡翠，繁星冒險團的團長。」既然是有過一面之緣的人，翡翠直接報上自己的姓名，順道宣傳一下自家冒險團，「這位是我的夥伴，斯利斐爾。」

「我是哈維．哈根。」哈維爽直地說，「這幾個混蛋是莫雷提、布朗多和凱利，記不住也沒關係，反正他們不重要。」

三名冒險獵人不約而同地翻了一個大白眼，莫雷提乾脆把哈維扯開，換自己上前。

「別理哈維。翡翠，你看到那間長著許多銀蘑菇的屋子了沒有？」莫雷提伸手指向某個方向，「那是村裡的商店，睡前記得先去那邊買兩副耳塞。」

「爲什麼要買耳塞？」翡翠虛心求教。

不只是利劍冒險團，就連剛好從旁經過，或是距離近一點的冒險獵人們聞言，都露出一言難盡的痛苦表情。

「記得買品質最好、最能隔音的那種。」一人給出發自肺腑的建議。

「千萬別想著省錢。爲了能好好待在這，這種錢絕對要花。」又一人也沉痛地說。

翡翠迷茫地看了大夥一會，還是點頭應下。

「莫雷提，你再擋著我，回去後我就讓你當團長，讓你以後專門負責跟卡薩布蘭加他們接洽。」薑還是老的辣，哈維一句話就讓莫雷提臉色扭曲，乖乖地退到旁邊去。

「這次來的冒險團不少，大多都是銅花等級以下的，畢竟這次委託的難度不高。其實我也常跑華格那，三不五時就跟那邊的人打交道，我大致可以爲你們介紹一下。」哈維目光一掃，就點出了幾個翡翠須要注意的冒險團。

「那邊幾個在這地方還堅持白衣服的，是晨光冒險團。那群人都有潔癖，要是碰到他們，盡量遠離，以免弄髒他們的服裝，他們會過來找麻煩。然後那邊打扮低調樸素的是約翰冒險團，他們全部人的名字或是中間名、或是姓氏，都有約翰這兩個字。」

哈維如數家珍，一連說了近七、八支冒險團的特徵和要留意的地方。

翡翠將之記在心裡，對別人多一分了解，對他們也是多一分保障，也許這些不起眼的小情報日後都會幫得上忙。

「不浪費你們時間了。」哈維拍拍翡翠的肩膀，力道還不敢太大，以免這名外表纖弱的妖精被他拍出問題，「你們記得要趕緊去買耳塞啊，我們就先到那邊去了。」

「謝謝你們啊。」翡翠說。

「哪裡，別客氣，大家都是冒險獵人嘛。」哈維咧出一口白牙，笑得熱情洋溢，彷彿他們彼此都是好夥伴。

利劍冒險團願意對翡翠他們親切，一來是誰不樂意和好看的人來個友善的接觸；二來是從馥曼負責人口中亦多次聽聞過他們的名字，這表示負責人對他們也挺看重的。和他們打好關係，對自己這方只會有利無害。

翡翠猜不出第二個理由，但他肯定能猜得出第一個理由。他摸摸自己的臉，感歎長得好看果然吃香。

「我的美貌實在太有價值了。」

「確實，您全身上下最有價值的就是它了。」斯利斐爾無比認同。

翡翠「切」了一聲，他才不想聽見斯利斐爾這種附和，「走了走了，我們也去買東西吧。」

外帶好今日晚餐、準備回旅館房間前，翡翠沒忘記那些冒險獵人們的交代，前去商店買了幾副耳塞。

可惜隔音效果最好也最貴的那種已經賣光了，翡翠只好選了剩下的唯一一款。

「斯利斐爾，你說這耳塞是要幹嘛的？」翡翠拎著外帶餐盒踏上樓梯。

「耳塞能做什麼，您還須要問在下嗎？」斯利斐爾的反問就像在說「您是不是蠢蛋」一樣。

「我當然知道耳塞的功用。」翡翠翻了一記白眼，「我是說，今晚是會發生什麼事，才會必須用上耳塞？」

「在下不知道，但在下可以提醒您，暗夜族是種晝伏夜出的生物。」

「作息日夜顚倒，我懂，不過總不會半夜嗨起來開趴吧。」翡翠不以爲意地說。

斯利斐爾沒回應，只是以高深的眼神睨了精靈王一眼。

翡翠沒接收到這記眼神，不然他就會心生警覺，在睡前把耳塞戴好，再用棉被蓋住頭，如此一來，勉強也能降低一點折磨……

「不曉得紫羅蘭那邊處理得怎樣……」翡翠叨唸著自己的儲備糧食，伸手打開了他們的房門，就看見椅子裡窩了一個人，門邊也站了一個人。

這兩人保持沉默，像在進行某種無聲的對峙。

直到翡翠的出現打破了這份僵持。

「翡翠。」紫羅蘭頓掃眉間愁緒，一展笑顏，縹碧瞬間被他拋之腦後，成爲無關緊要的存在。

「暫停，有事等我吃完飯再說。」翡翠把背包放到自個兒的床鋪上，慣例地先檢查一下包包內部，確認三個小精靈都睡得香甜，也沒有誰睡偏了床位，手腳打到其他人的事情發生。

之前瑪瑙就曾偷偷地跑來道歉，說自己睡相不好，不小心踢到了珊瑚，那一臉愧疚不安的表情，令人不忍心多加責備。

「要將他們挪出來睡嗎？還是讓他們就待在裡面？」翡翠轉頭問斯利斐爾的意見。

「讓他們在裡面繼續睡就好。」斯利斐爾說。

紫羅蘭靠過來，在翡翠覆上袋蓋之前正好窺視到背包內的景象。他看到了一隻嬌小可愛的掌心妖精，頭髮是柔軟的白色，臉頰令人想到棉花糖。

他立即反應過來，這隻小妖精想必就是由金蛋內孵出來的。

「翡翠，恭喜你生了。」紫羅蘭眞誠地祝福，「很可愛呢，比海族的幼崽可愛太多了，三隻都生出來了嗎？」

「我不會生，但謝謝你的祝賀。兩女一男，都很健康。」翡翠幽幽地嘆口氣，轉身去拿他的外帶餐盒吃起晚餐。

一樣是素素素素……非常素的一餐。

或許是廚師想要強調食材的原始味道，翡翠咬著連鹽巴都沒加的蔬菜，感覺味如嚼蠟，內心瘋狂地想要吃點菜以外的東西。

他捧著餐盒，每吃幾口就抬起頭，雙目如炬地緊盯著面前的斯利斐爾、縹碧、紫羅蘭，簡直是將他們當成了配菜。

斯利斐爾是大鬆餅，鹹甜都棒。

縹碧是人形果凍，花香讓人心曠神怡。

紫羅蘭更不用說了，龍蝦料理通通都好吃。

那幾乎要從眼底溢出的食欲之光令縹碧坐立不安，只覺椅子上像有千萬根針扎著。

縹碧明明早就脫離人類的範疇，如今卻重新體驗了一把寒毛直豎的感覺。

他甚至心生出一種錯覺，倘若再繼續坐下去，自己可能會被翡翠眞的吃掉。

縹碧頓時再也坐不住，身影一飄，就要用最快速度脫離這個令靈感到毛骨悚然的房間。

「縹碧你下來。」翡翠看著僵在空中的黑髮少年，慢條斯理地將餐盒裡的迷你櫛瓜一口咬斷，那清脆的聲響讓對方的心頭跟著一震，「你還沒回報今天的探查結果，而且我們還有小組會議要開。」

「我可以等你們要開會的時候……」縹碧做著垂死掙扎。

「不行。」翡翠一錘定音，「看著你會讓我覺得下飯。下來，或者永遠都別下來了。」

縹碧無數次地後悔自己爲什麼要主動送到翡翠門前。自由自在不好嗎？他幹嘛要給自己找一個這麼棘手的契約者？

斯利斐爾不動如山，反正他幾乎無時無刻都沐浴在翡翠的饑餓視線下。

紫羅蘭則恨不得翡翠的目光再熱情一點，最好化爲實質行動，不要客氣地衝著他來。

「翡翠，你還須要加菜嗎？」深怕翡翠太過客氣，紫羅蘭乾脆熱切地捲起衣袖，露出自己光滑無瑕的手腕。

「不，不用，不需要。」怕紫羅蘭聽不懂自己的拒絕之意，翡翠還特地說了三次。

「但是……」紫羅蘭笑容垮下，換上一臉哀怨。

「重度海鮮過敏可以麻煩再多多了解一下嗎？」翡翠怎麼可能不想吃龍蝦，那可是豪華和美味皆備的高級食物，無奈眞的心有餘而力不足。

又一次嘗到被拒絕的滋味，紫羅蘭喪氣地坐回位子上，頭頂彷彿還罩著一朵烏雲。

不過東海皇族在報恩一事向來是越挫越勇的，用不了多久時間，紫羅蘭就迅速恢復精神，看向翡翠的眼神一如往常地閃閃發亮。

翡翠將最後一顆小番茄塞進嘴裡，忍不住惆悵地想。自己怎麼好像有招惹變態的體質啊，先是一個水之魔女，現在的紫羅蘭就某方面也不遑多讓。

「斯利斐爾，你覺得呢？」他在意識內問著眞神代理人。

「有句話是這麼說的，物以類聚。」斯利斐爾給出公正的評論。

翡翠裝作什麼也沒聽見，「紫羅蘭，你怎麼會跑來浮光密林了？」

「我是在找東西。陸地行動比較慢，就直接順著河流前進了，剛好來到托耶庇里斯河，沒想到會聽到翡翠你們的聲音。」優雅美男子的紫羅蘭眨眨眼，露出靦腆的笑意，「你有對我的到來感到驚喜嗎？」

翡翠揉揉額角，這分明是驚嚇。

幸好他膽子不算小，否則就算是大白天的，冷不防見到河裡冒出一個人，還攀在他們船緣不放，心臟眞的會承受不起。

「你可以繼續去找你的東西。」翡翠話裡的意思就是彼此分開，用不著湊在一起，「我們是接了暗夜族的委託才到這地方。」

「如果有需要幫忙的地方，請務必告訴我。」紫羅蘭殷切地說，「完全不須要給我酬勞，我很樂意爲我的恩人效勞。」

既然有免費人力願意自動送上門，翡翠馬上打消之前的念頭。

他傻了才會把人推出去。

解決完晚餐，翡翠拍拍桌子，示意眾人看過來，小組會議要開始了。

「縹碧，所以你今天有什麼收穫嗎？」翡翠直接先點名了一整天都不見蹤影的塔靈，「你肯定把浮光密林繞了一圈吧。」

「沒有一圈，浮光密林大得很。」在感受不到來自翡翠的灼熱視線後，縹碧繃緊的身子終於放鬆，「半圈左右吧，沒有什麼特別的。除了樹還是樹，有一些水潭，野菇倒是驚人地多，到哪都可以看到菇類。那些屋子裡倒是挺無聊的，只看到睡著的蝙蝠和睡著的人，可惜宮殿有防護法陣，不能輕易入侵。」

「你要是被人發現偷窺，我可不會幫你說話。」翡翠警告，「那托耶庇里斯河的狀況呢？有看到彩虹蛇嗎？就是一條匯集七種顏色、跟彩虹差不多的蛇。」

「河太無聊了，我只看一眼就走了。」縹碧的語氣有絲遺憾，「要是知道河裡有那種蛇，我一定會多待一會的。」

「你還有明天。」翡翠給縹碧一抹甜美的笑，「明天你想在那條河上待多久就待多久，沒找到蛇就別回來了，懂嗎？」

縹碧的表情僵了一下，顯然沒料到自己要被如此壓榨。

「發光小菇要找，彩虹蛇也要找……」翡翠心中有了計畫，「分兩邊行動吧，節省時間。我們有七個人，就一邊三個，一邊四個去找。」

「您想怎麼分？」斯利斐爾平淡地問，「您必須確保小朋友們不會引發搶人大戰。」

翡翠陷入一陣長長的沉默。

這可眞是一個好問題。

「抽籤如何？」紫羅蘭給出提議，「在我們家族裡，沒辦法決定人選的事就用抽籤決定。不過大家每次抽完之後都不想認帳，最後常常演變成決鬥場面呢。」

翡翠嘴角微微抽搐一下，他只想採納紫羅蘭前半的意見，後面那個就當沒聽到吧。

「那明天的行動，我跟縹碧一起到彩虹河那邊，斯利斐爾跟紫羅蘭一起。至於瑪瑙他們，就明天讓他們抽籤，看他們會抽到哪一組。」翡翠俐落地拍板定案。

「我會自己先到彩虹河那邊。」縹碧才不想早餐時間再當一次促進食欲的工具。一確定重要的事情討論完了，他立即身影轉淡，火速脫離這個房間。

紫羅蘭看起來很想留在這房間過夜，但翡翠一點也不想半夜睡到一半，忽然發現有人試圖餵食自己。

他看出來了，就算耳提面命地叮嚀，紫羅蘭下一次還是會忘記他有海鮮過敏症。

翡翠態度強硬地把人趕走，看著被擺到他枕頭旁邊的包包，只希望明天的抽籤別在小精靈之間引發太大的問題。

而過沒多久，這份擔憂就被翡翠扔到一邊。

翡翠戴上耳塞，甚至把枕頭蓋到自己腦袋上，卻依舊不能阻擋窗外的貫腦魔音。

他終於明白那些冒險獵人的忠告是其來有自。

他媽的，暗夜族分明不只半夜開趴……

他們還半夜開卡拉ＯＫ大賽啊！

來到浮光密林的第二日，翡翠險些要頂著兩個黑眼圈起床。

還好精靈族天生麗質，就算被吵得失眠無法入睡，他的皮膚還是很堅強地維持住完美狀態。

眞要命……翡翠揉揉自己的尖耳朵，有點痛恨精靈的靈敏聽力了。

即使唱得好聽，那也不會改變半夜擾人清夢的事實。

更何況，大部分都難聽得要命，和鬼吼鬼叫差不多，眞沒想到暗夜族居然還是一票音痴。

相較於翡翠的無精打采，小精靈們倒是精神滿滿，絲毫不受昨夜噪音所擾。

眞神出品的包包就是有品質保障，不僅不用擔心外界的碰撞，還充分展現了強大的隔音效果。

翡翠看看自己的手，眞希望自己也能縮小，就可以跟瑪瑙他們一起擠到背包裡了。

「翠翠、翠翠，今天要做什麼？」瑪瑙纏著翡翠不放，嘰嘰喳喳地像隻活潑的小鳥，「我今天要坐在翠翠的頭上、肩上、胸口上。」

「等等，那珊瑚大人坐哪裡？」珊瑚氣得跳腳。

「翠翠以外的地方都隨便妳坐。」瑪瑙大方地笑著。

「在決定坐哪之前，你們應該先問翠翠，我們三個今天會跟誰走？」珍珠文靜地從書裡抬起頭，一句話讓瑪瑙和珊瑚都瞪圓了眼。

「妳怎麼知道的，妳是不是有起來偷聽翠翠他們說話？啊！好奸詐！」珊瑚氣呼呼地說。

「不用起來也能猜得出來。」珍珠似乎永遠都是慢悠悠的，「翠翠要做兩件事，分成兩邊去做才會有效率。」

「翠翠對不起，我都沒想到這點……」瑪瑙的眼睛裡立刻蓄上淚花，「你會這樣就不帶著我嗎？」

飽受失眠之苦的翡翠苦著臉，吃著今天的早餐，把問題踢給了斯利斐爾，「問斯利斐爾，是他說的，找他。」

對於翡翠的推卸行爲，斯利斐爾倒是面不改色地扛下了。

與其讓小精靈們圍著翡翠爭執不休，不如直接讓他當扮黑臉的角色，節省大家今天的時間。

「抽籤。」斯利斐爾拿出事先準備好的木片，抓握在手中，「抽到有紅點的就跟在下一起。」

「記得不能反悔啊。」翡翠聲明。

「我先！珊瑚我先！」珊瑚一下子就竄到斯利斐爾面前，堅信先搶先贏。

然後房間內就迎來了珊瑚的耍賴哭喊。

「不要！不要！嗚嗚嗚——珊瑚我不要跟翠翠分開啦！」珊瑚死命巴住翡翠不放。

「翠翠，你看珊瑚因爲能跟斯利斐爾一起行動，高興得都哭了呢。」瑪瑙在沒人看見的角度，不客氣地扒開珊瑚的手。

「珊瑚，我們之前說好了，不能反悔喔。」翡翠笑顏溫柔，可態度堅定，不在這種原則問題上退讓。

「願賭服輸是種美德，妳該多學學，在下可以多教導妳。」斯利斐爾俐落地一把撈過珊瑚，把人打包帶走。

珊瑚哇哇大哭，彷彿正經歷一場生離死別。

珍珠堵住自己的耳朵，「珊瑚，妳喜歡嘴巴被人塞住嗎？」

「什麼？珊瑚大人當然不……」珊瑚本能地感受到危機，立刻把準備好的哭聲都吞回去。

珍珠悠悠一笑，眼裡好似還有一絲可惜。

敲門聲就是在這時候響起。

「翡翠你們好了嗎？」是紫羅蘭過來集合了。

「這就來。」翡翠將抱住自己手指的瑪瑙放到胸前口袋，低頭看向珍珠，後者揚起恬淡的微笑，伸手指了指他的背包。

「翠翠，我想待在裡面看書，你用過的東西可以放一個進來陪我嗎？這樣我就不寂寞了。」

這點小要求，翡翠當然不會不同意。

門一打開，室外燦爛的陽光登時傾洩下來，映入了翡翠的眼底。

他抬手遮著眼，朝門外的紫髮美男子露出了微笑。

「今天就拜託你了，紫羅蘭。」

⁂

斯利斐爾幾人往密林深處尋找發光小菇，翡翠和小精靈們則朝托耶庇里斯河前進。

大白天的，不管是掠影村或浮光密林又重新被靜謐籠罩，鮮少能發現暗夜族的蹤影。偶有人聲，那也是來自冒險獵人們。

翡翠還記得昨日伊迪亞帶他們走過的路線，這個方向和發光小菇的生長區域沒有疊合一起，因此沿路走來，幾乎沒碰到什麼人。

陽光被密集的枝葉層層篩過，落在底層時已經像四散的破碎金箔，沾貼在地面、葉片，或是水潭上。

走了一陣子，翡翠幾人順利抵達被暗夜族暱稱爲「彩虹河」的托耶庇里斯河畔。

光著雙腳、眼上覆著紅布的黑髮少年已經等待在那，陽光穿過他半透明的身軀，讓他有種不眞實的夢幻感。

在翡翠看來，更像是顆閃閃發亮的人形大果凍。

唔，今天居然是淡淡的蘋果香味……那自己是不是可以期待哪天也能聞到草莓或梨子味了！

「到目前爲止的收穫如何？」翡翠直截了當地問。

「沒收穫。」縹碧微聳肩膀，「我在上面待了好一會，什麼奇怪的東西也沒看見。

你確定這裡眞的有一隻彩虹蛇？」

「確定，暗夜族小公主打包票了。」翡翠忽然上上下下地打量縹碧一遍，「你都說自己是完美的，那紅布條能摘下嗎？你把整張臉露出來會更完美吧。」

「不、不、不！」瑪瑙的腦袋像波浪鼓般地搖，「誰也比不上翠翠完美！」

縹碧的眼睛被遮住，但他可以清楚感應到瑪瑙朝自己射來了輕蔑又冷淡的目光。

不過翡翠低頭看去，見到的只有瑪瑙笑得比蜂蜜還要甜的小臉蛋。

按照原計畫，翡翠和縹碧碰了面，就各自再分開尋找，一個划船，一個在天上飛，但縹碧堅持要先跟他們走到放小船的地方再離去。

翡翠不能明白縹碧爲何要如此堅持。

就他所知，這個討厭被人喊「亡靈」或「幽靈」的靈，更喜歡當個自由自在的獨行俠，出去就跟丟掉差不多。

直到翡翠瞧見某種沿著河岸生長的蕈菇，它們的蕈傘呈斗笠狀，傘頂的突起特別尖銳，表面是清爽的米白色，柄部筆挺，直沒土壤。

一眼看去，就像是翡翠原世界的雞肉絲菇，那可眞是美味的代名詞。

只要用水汆燙過，撒點鹽巴，就能充分享受食材最原始的驚人風味，爽口、鮮嫩、清脆。

但重點不是它們長得像雞肉絲菇，重點是……

它們的香味！

那股令翡翠懷念萬分的香味，瘋狂地刺激著他的食欲，這下他再也控制不住自己腳步的方向了。

那個味道，聞起來分明就是令他魂牽夢縈的香雞排啊啊啊！

「瑪瑙，是不是很香？」翡翠用力吸了一大口。

「翠翠最香。」瑪瑙堅持己見。

雖然精靈王是個吃貨，但他養在身邊的三個小精靈對吃反倒都不執著，會主動碰的食物只有晶幣。

翡翠加快了步伐，迫不及待地往香味來源處靠近，甚至一時忘了斯利斐爾多次的警告——這裡的野菇幾乎都有毒，還會對身體與心靈造成可怕的打擊。

在翡翠即將一把摘起米白色野菇之際，他的手腕被人無預警地抓住。

縹碧手上一使力，把翡翠拖離了河岸邊，連帶也遠離那些飄散著香氣的野菇群。

「那是綠懾菇，一旦吃下，會對所有綠色的東西產生嚴重過敏，一個半月內都不能放進嘴巴裡。」縹碧的手臂看起來細瘦，可力氣超乎想像地大。

「一般人不能吃的東西……也不能嗎？」翡翠心頭一跳，連掙扎都忘記了。

晶幣不就是綠油油的，要是一個半月都不能吃晶幣，心靈上他會覺得很愉快，畢竟那實在難吃得要命；但以肉體上來說，他可能眞的會餓死。

「只要是綠的，都不能。」縹碧鬆開手指。

「走，我們快離開這！」翡翠暫時停止呼吸，好阻斷香雞排的香氣，強迫自己加大步伐，直奔小船所在的位置。

翡翠在昨天就先跟伊迪亞打過招呼，後者大方地讓他們盡情使用。

思及蘿麗塔昨日曾說過，彩虹蛇喜歡漂亮的東西，翡翠一摸自己的臉，那他絕對是最適合來當誘餌的人了。

確定翡翠他們上了船，水面上也不會冒出會散發香味、引誘翡翠上勾的毒菇後，縹碧輕盈地躍上空中，前往彩虹河的另一端巡視。

縹碧一走，翡翠後知後覺地意識到，這艘船得自己划了。

他一拍額頭，有些後悔放走勞動力。但想想世界任務期限將至，不分頭行動只會浪費更多時間，他認命地扛下了划船的工作。

瑪瑙靈活地爬出來，想替翡翠代勞。他低頭看看自己迷你的身材，白嫩的臉蛋哀怨地垮下。

想到自己居然沒辦法派上用場，他忍不住紅了眼眶。

「翠翠、翠翠。」瑪瑙的眼裡盛著霧氣，「我好沒用，不能幫翠翠。」

「等瑪瑙長大就行了，現在只要負責好好吃和好好睡。」翡翠笑咪咪地安慰，「而且瑪瑙有幫到忙喔。」

「真的？」

「你的可愛讓我充滿精神啦。」

瑪瑙先是紅了臉，接著捧住臉頰，陷入新一輪的煩惱中，「可是我覺得我以後會長很大，這樣翠翠要吃我就會很花力氣了。」

翡翠只能繼續微笑，這話他真的很難接下去。

過往的經驗告訴他，要是拒絕瑪瑙的好意，瑪瑙不會吵鬧，只會小小聲地抽噎著，噙滿淚水的眼睛還會用力地盯緊人，想知道自己哪裡不乖。

翡翠暗地嘆口氣，感嘆這眞是甜蜜的痛苦。

比起寬敞明亮的外界，珍珠似乎更享受陰暗孤獨的空間。她在背包內如魚得水，絲毫沒有要探出頭欣賞風景的意思。

即使翡翠特意打開袋蓋問了幾次，珍珠還是擺擺手，沉浸在關於小黑屋和綁縛的書中世界。

小船在河上駛駛停停，翡翠每划一陣子就會停下來，特意站直，好讓潛伏在水中某處的彩虹蛇有機會看見自己閃閃發光的美貌。

一開始，翡翠還讓瑪瑙在船上自由亂跑，後來怕沿途會出什麼意外，就把巴掌大的小人撈了回來，重要的崽崽還是放自己身邊最安全。

時間在不知不覺中流逝。

翡翠抬頭看天，又看看依舊平靜如昔的大河，壓根看不出哪邊有大蛇可能出沒。他揉揉自己的腰，只覺今日可能要無功而返了。

正當翡翠這麼想，不遠處忽地虹光一閃，簡直像有顆寶石在太陽下折閃出璀璨的光輝。

翡翠連忙放下槳，往船頭位置撲去，想好好看個仔細。然而光輝的出現只是剎那，再尋找已無影無蹤。

翡翠只能遺憾地收回探出的身子，不過身體剛一動，卻驟然僵硬在船邊。

他吞吞口水，低頭看著如寶石湛藍的河水，靠近眼前的部分相當清澈，能讓人清楚瞧見水中景象。

不知道什麼時候，一條色彩斑斕的巨大生物靜靜蟄伏在他們船底。牠的鱗片熠熠生光，在水波盪漾下流轉著七彩微光。

紅、橙、黃、綠、藍、靛、紫。

「翠翠。」瑪瑙用氣聲說話，「有蛇。」

翡翠屏住呼吸，把身子再縮回來一點，壓根沒料到一直在尋找的彩虹蛇居然與他們距離那麼近。

牠太安靜了，靜到若不是翡翠不經意地往下掃一眼，恐怕不會察覺到牠的存在。

彩虹蛇的軀幹比船身還要再窄上一些，長度一時無法估算，從翡翠的方向望去，可以瞧見牠的身子由寬慢慢變窄。

翡翠還沒來得及思索出下一步行動，船底陡然先有了動靜。

他睜大眼，看見蛇身急速游動，原本還瞧不清的蛇尾一下逼近眼前，似乎只要再一個眨眼，蛇尾也要消失不見。

蛇要離開了！

翡翠彈了下舌尖，立刻有所決斷。

不管如何，先攔下這條蛇再說，珍珠的防禦能力換個方式就可以堵住蛇的去路。

「珍……」翡翠呼喊珍珠的聲音斷在舌尖上，破水的猛烈聲響來得毫無預兆，同時小船跟著搖晃起來。

彩虹蛇霍地從河裡竄出，躍得老高，在日光下有如一條繽紛璀璨的彩虹，無數剔透水珠從上落下，反射著日光，像極了夢幻的水晶。

翡翠反射性地跟著仰高頭。

下一瞬間，那條大蛇驀然扭轉身形，頭朝下，尾朝上，蛇口大張，兜頭朝小船上的獵物撲了下來。

翡翠只覺自己像在哪見過類似的畫面。

黑影跳起，像被釣上的大魚，緊接著俯衝而下，就和如今的彩虹蛇一樣。

除了眼珠，黑影的眼珠應該是……

猩紅色！

整個過程像在觀看慢動作，可實際上這一切的發生不過是刹那間的事。

翡翠只覺自己眼前好似出現疊影，鑽出記憶的畫面與眼前景象重疊一起，令他一時竟分不出時空。

說時遲、那時快，彩虹蛇張大的嘴巴突然往兩側延展出驚人的寬度。

駭人蛇口將他們連人帶船一舉吞入之際，翡翠反射性抱緊瑪瑙和自己的包包。呼叫斯利斐爾根本來不及，現在最快能找到他們的就只有——

縹碧！

第7章

「啊，那個好像翠翠的頭髮！」

稚嫩的小女孩嗓音時不時在繁盛的森林中響起，成了另類注目焦點。

接下暗夜族委託的冒險獵人不少，但浮光密林佔地廣大，隨處所見皆是無盡山林，就算大夥的目標物一致，也不一定會撞上一塊。

斯利斐爾他們選擇的路線倒是意外地碰上了幾個冒險團。

這些冒險團中大都是青壯年，鮮少有人帶著年幼的孩童在身邊。一來容易讓小孩遭遇危險，二來也會拉慢團隊的行動。

珊瑚聲音一出，登時引來不少關注。

尤其在發現聲音的主人居然還是名掌心妖精時，更是忍不住多瞄了幾眼。

約翰冒險團的雷恩是個喜歡小東西的人，他的視線像黏在珊瑚身上，要不是被他哥拎住，可能都要控制不住地撲上前摸個幾把了。

「給我像樣點！」萊恩有絲惱火地把弟弟一把扯回來，果斷換了個方向。免得雷恩這蠢蛋真撲過去，反被人當成偷襲，到時候他們有理都說不清了。

眼看團長兼兄長即將發飆，雷恩縮縮脖子，像隻乖巧的鵪鶉跟上同伴們的腳步。

珊瑚從頭到尾都沒留意到有人用火辣的視線注視自己，對她來說，被看很正常的，她可是超級厲害的珊瑚大人啊。

珊瑚原本低落的情緒此刻已經轉爲高昂，她精神奕奕地坐在斯利斐爾的腦袋上，臨風顧盼，彷彿是這個地方最偉大的國王。

見到珊瑚心情好轉，紫羅蘭不禁鬆了一口氣，彷彿天生籠著憂愁的眉宇跟著鬆開。

在珊瑚重新打起精神之前，他們這組三人小隊的氣氛大概只能用僵冷來形容。

這讓即使習慣安靜氛圍的紫羅蘭也深切地感受到一股壓力。

沿路上，他不是沒有試著和斯利斐爾搭上幾句話，希望能從對方口中獲得更多有關翡翠對吃食喜好的資訊。

他們東海皇族一向相信一句話——知己之彼，才能百戰百勝，才能精準地抓住恩人的胃，順利地報答恩情！

如果翡翠在場，且能聽見紫羅蘭的內心話，他肯定會用力拍上額頭，吐槽這句話的後半句，根本是東海皇族自己超譯的吧。

「斯利斐爾，你知道翡翠……」紫羅蘭不氣餒地繼續和斯利斐爾攀談著。

「知道知道，翠翠的事我都知道！」恢復活力的珊瑚一聽見自己最喜歡的名字，馬上將注意力轉至紫羅蘭身上。

「太好了。」紫羅蘭馬上把談話對象改成珊瑚，「恩人……翡翠他最喜歡的食……」

「珊瑚大人當然知道，這可是超容易的問題！」珊瑚得意地揪著斯利斐爾的一綹頭髮。

銀髮紅眼的男人面無表情地拍開那隻作亂的小手。

「翠翠當然是最愛我啦！」珊瑚雙手抱胸，下巴昂得高高的，整個人從頭到腳都寫著驕傲。

紫羅蘭嚴肅地皺起眉，「這……這樣可糟糕了，原來翡翠最喜歡吃的是妳嗎？」

「吃？我又不是在說翠翠最喜歡吃的東西。我是在說……」珊瑚有些氣惱，手掌忍不住就想找東西用力拍打。

她手剛舉起來，底下的斯利斐爾就淡淡地咳了一聲。

珊瑚一個激靈，馬上把手交叉枕於腦袋後，假裝自己不曾動過那點心思。

「我是說，翠翠最喜歡的人，是我，珊瑚大人！」珊瑚加強語氣，看向紫羅蘭的眼神充滿嫌棄，覺得他怎麼會連這種再明顯不過的事都不知道，「不過瑪瑙倒是一直想讓翠翠吃掉，他可真奇怪。」

說起別的小精靈的壞話，珊瑚終於懂得降低一點音量。

「他老是在翠翠面前裝可憐，其實他壞得很，是個壞蛋，在包包裡都會和我打架。喔，珍珠不太管這個的，她只要我們沒波及到她就好，要是波及到，珍珠會很可怕。會咻、啪！然後咚咚！砰！然後最後倒楣的還是我，珊瑚大人覺得這真的太不合理了！」

珊瑚說到後來成了自言自語，她嘀嘀咕咕地抱怨著，聲音含在嘴裡，模糊的內容只有她自己聽得最清楚。

最末她鏗鏘有力地下了一個結論。

「瑪瑙最壞了！」

紫羅蘭來自一個龐大的家族，他非常清楚兄弟姊妹間的紛爭絕對不要摻和進去。他耐心地等珊瑚抱怨完，沒有應和或反駁一句，接著重提一次他的問題。

「翡翠最喜歡吃的東西是？」

「嗯，只要是好吃的，翠翠都很喜歡，他不怎麼挑食的。如果是看起來好吃的，他也會想試試看，就像那個！那個！」珊瑚急切地站起來，用力比著樹根附近的一叢胖野菇，「白白胖胖，還圓圓的，像個餅，那個翠翠一定會很想吃看看的！斯利斐爾，那是什麼？」

「小籠菇。」斯利斐爾沒有讓珊瑚失望，一眼掃去，精準說出了那些野菇的名字，「外形像一個蒸籠，完全成熟後會由白色轉成淺淺的黃褐色，咬下去會吃到麵皮和絞肉的味道，還會有胡椒粒的香氣跟著一塊噴發出來，而它的汁液也宛如剛燉好的肉湯。」

「聽起來更像一個包子。」珊瑚完全沒有被斯利斐爾的敘述勾出食欲，再怎麼好吃的東西對她而言都不具備吸引力。

只不過她沒有，剛好在他們附近的冒險獵人卻有。

他們下意識豎起耳朵，越聽越餓，越餓就越想聽，簡直像陷入一個折磨人的循環。

而約翰冒險團不知不覺中又和繁星冒險團碰到了一塊。

雖然他們沒有特意聽取別人的談話，但距離不算太遠，那些沒有刻意壓低音量的句子自動飄了過來。

「哥，我好餓……」雷恩吸溜一下口水，覺得今早吃的東西都沒有那名銀髮男人口中描述的小籠菇還要美味。

「還傻著幹嘛？不會趕緊去把那個小籠菇摘來吃嗎？」萊恩瞪了一眼自己不爭氣的弟弟，趁沒人發現的時候也吞吞唾沫。

「副團長、團長，不如我去吧。」約翰冒險團的一人立刻自告奮勇，也不等他們回應，迫不及待地就往小籠菇生長的位置跑去。

他打的主意很簡單，先摘的人先吃！

這時，斯利斐爾平淡地爲小籠菇做了結語，「固然滋味鮮美，但有毒，會讓人下肢發軟十五天，並對包子類的食物產生反胃心理。」

已經朝小籠菇伸出手的那人僵住動作，他低頭看著那些圓白的菇類半晌，隨後反應劇烈地往後一跳，大幅度地和小籠菇拉開距離。

「沒出息。」一名裹著綠披風的男人不屑地看著約翰冒險團。

約翰冒險團與那人怒目相對。

珊瑚還在孜孜不倦地提問，只要看到任何她覺得翡翠會想吃的東西，就向底下的人形百科全書求解答。

斯利斐爾也沒讓她失望，有關蕈菇的資訊可以說是信手捻來。

「那是金松露菇，氣味和大眾所知的松露極爲相似，香氣霸道，用小火烤就可以逼出所有香味，還能讓蕈傘和蕈柄變得鬆軟，宛若剛出爐的白麵包。不過，吃了會死，只剩下骨頭的那種死法。」

這下換約翰冒險團發出嗤笑。

聽見笑聲的綠披風男人一僵，這才發現自己在不自覺中也走向了金松露菇。他面上閃過尷尬，旋即假裝若無其事地大步離去。

眼看白頭髮的掌心妖精猶在樂此不疲地發問，銀髮男人又總是先說得一口美食，冷不防再來個回馬槍，點出這些食物皆是無法下肚。待在這地方的冒險獵人們再也忍無可忍，選擇離他們三人遠遠的，免得剛被吊起饞蟲又遭到重重打擊。

沒過多久，斯利斐爾幾人四周就呈現淨空狀態。

「怎麼沒人了？」珊瑚不解地摸摸下巴，「懂了，一定是被我的氣勢嚇跑的。我果然超強，砰砰砰地超級強大！啊，那邊！很多發光小菇！」

仗著自己待的位置最高，珊瑚不客氣地發號施令，指揮兩個大人趕緊前去她說的地方摘取。

可惜那些菇的個頭都比珊瑚還要大，要摘不好摘，如果是讓她放火燒了它們那還比較容易。

珊瑚遺憾地嘆了口長長的氣，覺得自己眞是英雄無用武之地。

爲免自己妨礙到斯利斐爾做事，珊瑚俐落地跳向了一棵樹上，三兩下便安坐在一截枝椏上。她東看看西望望，驀地鎖定住一個方位。

在重重樹影和矮樹叢的遮擋下，另邊的人看不見斯利斐爾他們這裡，自然也不會發覺到自己正被珊瑚盯個正著。

冬狼冒險團的人交頭接耳，低聲說話，眼角要是剛好掃到他們的目標物，就手腳靈活地把東西採收下來，放進袋子裡。

幾人背上的袋子已經鼓鼓囊囊，顯然收穫頗豐。

珊瑚雖說很閒，但也沒興趣把心思放在不相干的人身上。她會多看那群人幾眼，主要還是他們的行爲有些怪異。

明明發光小菇就在他們視線所及之處，他們卻忽略過去，反而只顧著拔另一種細長的紅棕色菇類。

珊瑚記得斯利斐爾在路上提過，那種菇毒性相當強，一般人根本不可能拿來吃，卻可以當作某種魔物的飼料。

珊瑚若有所思地瞇細眼，在那夥人身上打上一個「大大有問題」的標籤。

絕對有問題。

珊瑚大人敢用斯利斐爾的頭髮發誓！

斯利斐爾拔菇的動作一頓，猝然回過頭，犀利的紅眼睛直接盯住了珊瑚。

珊瑚絲毫不心虛地望回去，她朝斯利斐爾瘋狂招手，要他快點過來。

「你先在這收集發光小菇。」斯利斐爾給紫羅蘭留了一句話，起身走向珊瑚。

「那邊那邊。」珊瑚小聲地說著悄悄話，「珊瑚大人覺得他們怪怪的，他們摘了好多鵝肝菇。他們快走遠了，我想追上去看。」

珊瑚用的是「想」，但意思其實是她要去做，只是先跟斯利斐爾報備一下。

斯利斐爾對那些人要做什麼事，或者爲什麼要摘有劇毒的鵝肝菇都毫無興趣，但他也不會打擊小精靈的積極性。

珊瑚明白不能打草驚蛇，她一路上摀著嘴巴，安靜地跟著斯利斐爾追蹤冬狼冒險團的足跡。

只要斯利斐爾願意，他能徹底抹消自己的存在感。他彷彿和自然融爲一體，讓人察覺不到，再加上珊瑚不發出丁點聲音，冬狼冒險團壓根不曉得自己遭人尾隨。

珊瑚一開始還努力記著來時的路線，可沒多久就被繞暈了。況且放眼望去，景色都大同小異，她乾脆也不記了，反正還有斯利斐爾在。

冬狼冒險團很謹慎，不時檢查周遭有無其他人影。只可惜他們遇上的是斯利斐爾，無論他們如何再三確認，始終無法察覺到斯利斐爾的存在。

葛萊特、艾曼達和安德魯三人在林內東拐西繞，最終來到一處山壁前，接著他們便消失不見了。

珊瑚瞪圓眼睛，「不見了？」

「沒有不見。」斯利斐爾要珊瑚稍安勿躁，他帶著她移動幾步，從這一邊的角度便可以找到冬狼冒險團消失的眞相。

原來他們不是平空失去蹤影，而是鑽進了洞窟裡。

洞外有及人高的草葉和茂密綠藤阻擋，不走近細看，一時難以發現此處別有洞天。

「進去進去，爲什麼不進去？」珊瑚拚命地拍著斯利斐爾的肩膀。

斯利斐爾充耳不聞，繼續耐心在外等候，直到三條人影離開。

「妳得要懂得耐心，別學在下的主人。」斯利斐爾撥開垂落的藤蔓，走進洞窟。洞內濕涼陰暗，還能聞到一股屬於野獸的腥臊味。

「翠翠是最好的。」珊瑚堅信這個論點，這是他們三個小精靈不變的共識，「那三個人來這裡幹嘛？這裡好臭，他們喜歡臭臭的地方嗎？」

「在下認爲，除了耐心外，妳還必須懂得觀察。」即使洞內昏暗，斯利斐爾也能如平常視物，「那三個人剛摘了什麼？」

「鵝肝菇啊。」

「他們從洞內出來後，背上的袋子扁下去了，這代表什麼？」

「他們把鵝肝菇留在洞內了。」

「他們爲什麼要這麼做？」

「因爲、因爲……」珊瑚的腦袋暫時轉不過來。

「因爲他們是將那些鵝肝菇當成飼料，只有一種魔物可以抵抗它們的毒性。」斯利斐爾腳步停住，「猶他海百合。」

「哇！好醜！」珊瑚忍不住驚呼一聲。

洞窟深處有三隻外表怪異的魔物被鍊子繫住，限制了牠們的行動。牠們乍看下令人想到暗紅色的大章魚，不過走近仔細觀察，就會發現牠們長得更像水母。表皮覆滿鱗片，圓圓的頭顱上找不到稱得上是五官的部位，頭顱伸展著眾多細長腕足，內側布滿密密麻麻的棘刺。

猶他海百合性情溫馴，即使聽見有人靠近也沒有太大反應。牠們面前堆著不少鵝肝菇，看起來是剛採摘下來，顯然是冬狼冒險團方才進來放下的。

查清冬狼冒險團只是在洞裡養了幾頭魔物，珊瑚登時興致全消。她伸伸懶腰，不想再留在這個氣味不好聞的地方了。

臨走前，珊瑚還不忘跟斯利斐爾確認，「能吃嗎？翠翠會喜歡吃嗎？」

「不能、不會。」斯利斐爾直截了當地給了否定的答案。反正就算碰上可以吃的魔物，他也會說不的，省得一堆麻煩。

一大一小走出山洞，陽光落下，珊瑚抬手遮著眼，心思全飛到翡翠身上。

不曉得翠翠現在在做什麼？

清涼的觸感沾上了翡翠的額頭，將他跌入昏沉深淵的意識猛地拽了出來。

翡翠眼睫顫動，逐漸張開了眼睛，朦朧的人影跟著闖入他的視野之中。他使勁地眨了眨眼，眼前的影子終於變得清晰。

「縹碧……？」翡翠擠出模糊的音節。

縱使他的聲音再怎麼微弱，一直守在旁邊的瑪瑙和珍珠都不可能忽略。

「翠翠！」瑪瑙最快爬上翡翠的身體，死死地攀在他的胸口。

「縹碧退開一點。」珍珠冷靜地下達指令，「你太大了，會擋到翠翠看我們。翠翠你感覺怎樣，還有不舒服的地方嗎？」

「我沒事……」翡翠不覺得身體有哪邊不適，他坐起身子，見到瑪瑙和珍珠安然無恙讓他安心，「我們現在是在……」

翡翠最後看見的畫面是彩虹蛇張開異常巨大的嘴巴，把他們全部吞入。

「……我們現在，該不會是在蛇的肚子裡吧。」

「從表面來看，是的。從實際來看，並不是。」縹碧將沾水的手帕隨手一扔，反正這也是他從附近隨便找來的。

他們身處的地方有一些亂七八糟的雜物，神奇的是都維持著一定程度上的整潔。

翡翠環視四周，發現這裡看起來如同一個岩窟。

壓迫性十足的灰暗色調充斥眼所能及之處，角落散置著一些稀鬆平常，但出現在此卻很詭異的物品。例如鍋子、碗盤、拆開的食物包裝、坐墊、抱枕……還有一床棉被。

非常有生活氣息就是了。

與翡翠想像中的蛇腹內部截然不同，他以為自己一張眼，看見的應該是黏膜肉壁之類的景象。

也幸好沒看見。

「我們眞的是被蛇吞進去嗎？」翡翠忍不住心生懷疑。

「看那邊。」縹碧指了一下翡翠身後。

翡翠扭頭一看，這時才發覺那裡還擱放著一艘小船，長得就跟他們搭乘的那艘一模一樣。

「我待在包包裡，沒有看見全部過程。」珍珠素來淡定的神情此時染上低落，「如果早一點出來，就能幫上翠翠的忙了。」

他們三個小精靈各有擅長的技能，珍珠的強項正好就是防禦，也難怪事發後她的心情一時半會間還平復不過來。

「妳這樣很好，我更怕妳受到傷害。」翡翠摸摸珍珠的頭髮，眼神柔軟，「幸好妳待在包包裡面。」

珍珠踮起腳尖，抱住翡翠的手指，「翠翠最好了。我喜歡小黑屋，等我研究透徹，就送一個給你。」

翡翠沉默，然後果斷決定等回去之後，就要把桑回寫的那本《狂狷妖精愛關小黑屋》毀屍滅跡。

看看他把孩子都帶壞成什麼樣了！

「我……」瑪瑙抹抹眼角的淚漬，滿懷愧疚地向翡翠道歉，「我只在意翠翠有沒有受傷，都沒有好好觀察周圍發生什麼事……翠翠我是不是很沒用？」

翡翠大感心疼地也給了瑪瑙一個拍拍頭。

從頭到尾都有觀察周遭動靜的縹碧挑挑眉，感覺自己好像被意有所指地針對了。

「縹碧，麻煩說明一下現在的情況。如果你知道我昏迷之前發生的事，也麻煩說一下。」雖說此處還有些能見度，翡翠仍是翻找出照明用的日核礦以備萬一。

隨著日核礦的光芒出現，翡翠可以清楚瞧見前方的岩壁其實不是完全封閉的狀態。它的後方還有空間可以繞過去，只不過在錯覺效應下，容易誤導人。

「我聽到你的呼喚，幸運的是我們之間訂了契約，我才能在最短時間內掌握你的位置。」縹碧說。

翡翠點點頭，他當時就是清楚遠水救不了近火，才跳過斯利斐爾，改喊縹碧。

事實證明他做的沒錯，縹碧確實在最短時間內就來到他們身邊。

既然一時安全無虞，翡翠暫且壓下聯繫斯利斐爾的念頭，繼續執行他們的任務。

老實講，縹碧也沒想到自己剛和翡翠分開沒多久，他們這邊就遇到了大麻煩。

麻煩的起因他不曉得，他只知道那陣呼喊的源頭赫然是在一隻大蛇的軀體裡。

那隻蛇就如翡翠說過的耀眼斑斕，游動速度飛快，不仔細看，還以為有一束彩虹在水中晃漾。

雖然不明白翡翠是怎麼被蛇吞下肚的，但縹碧起碼還知道要是被困在蛇腹太久，他的契約者就要一命嗚呼。

縹碧輕咂了下舌，還是讓自己的身形恢復成半透明，不再是凝實的實體。

他就像支離弦之箭，以驚人的高速朝著彩虹蛇的方向衝去，轉眼便穿過那隻大蛇的七彩表層，成功入侵到牠的身體內部。

在這之前，縹碧已做好會看到腔壁、內臟、層層肉色的黏膜，或是脂肪組織之類的心理準備。光是想像就足以讓他滿心抗拒，他一點也不想碰觸那些噁心靈的東西。

然而事實卻大大地出乎縹碧的意料。

或者說，縹碧根本沒想過彩虹蛇原來不是真的蛇。

以他身為大魔法師遺產的眼光來看，立即就能判斷出來，這只是個披著大蛇外表的魔導具。

這也讓他面臨進得來，卻出不去的困境。他被擋住了，無法再隨心所欲地穿透一切，除非找到出口。

「魔導具？」翡翠吃驚地重複這個字眼，「魔導具有這麼大的？」

「魔法師的使用道具都可稱爲魔導具，大小自然也不受一般人思維的限制。」縹碧的記憶裡儲存著大量的魔法知識，那些都是伊利葉灌輸進去的，「有些外觀大，但可能只是唬人用的。最重要的是對魔法師來說適不適合，能否將他的魔法威力發揮到最強，例如法杖就是這樣的概念。」

被縹碧這麼一說，翡翠慢一拍地想起自己的雙生杖。他懊惱地拍了下額頭，懷疑自己被蛇一吞給吞傻了，腦子都轉不過來。

他抽出雙生杖，直接讓它變成最有攻擊力的長刀——只變出一把而已，這樣他才能在最快時間內照應瑪瑙和珍珠。

想了想，翡翠把日核礦交給縹碧，「照路就交給你了。依你看，彩虹蛇……這個魔導具的等級如何？」

「你覺得呢？」縹碧接過發光的石頭，飄浮在最前方，「當然是相當高。能夠偽裝成生物，裡面又鬪出一個結界空間，雖說不曉得還有何種功能，但單從這幾樣來看，這是大部分人都用不起的魔導具。」

翡翠可以理解，畢竟這在暗夜族都是聖蛇的地位了。

先不論伊迪亞他們知不知道這不是眞蛇，而是魔導具，但也足以看出它的珍稀。

持續往深處探索之前，翡翠首先在意的是確保兩名小精靈的安全。

「珍珠、瑪瑙，你們都回到包包裡面待著。」翡翠拿出嚴肅的態度。

「不！」瑪瑙直接躲進翡翠的口袋，只肯露出一個後腦勺。

「不。」珍珠摘下自己的一條髮帶，趁翡翠沒注意，已牢牢地綁在他的腕上。

兩名小精靈用不同方式向翡翠展現了他們的固執。他們才不要讓翡翠一個人承擔所有風險，自己卻待在安全的地方不用出力。

翡翠最後提出折衷的辦法，「你們兩個進包包，但可以趴在邊緣看，我不會把背包蓋起來的，這樣可以嗎？」

瑪瑙和珍珠對視一眼，同意了。

繞過石壁後，呈現在翡翠幾人面前的是一條狹窄通道，左右上下都被岩石包圍，偶爾能聽見滴答的水聲。

聲音在半密閉的空間被放至最大，好似能觸動人心底深處的不安。

翡翠看向前方引路的縹碧，那具上半身凝結爲實、下半身依舊像籠著煙霧的半透軀體，再搭配幽幽水聲，相當有鬼片的氣氛了。

一路走來，他們沒有聽見其餘聲響，也未曾碰到任何危險，可以說是暢通無阻地來到了底端。

通道豁然開朗，宛如一個漏斗形在翡翠等人面前展開。

裡頭的金燦光芒差點閃瞎了無防備的翡翠。

到處都能看到閃亮亮的金幣。

金幣堆成一座又一座小山，在燈光照射下，讓這個彷若洞穴的地方折閃出一片輝煌燦爛。

在滿滿金光的籠罩下，縹碧手裡拿著的日核礦都失了光采。

翡翠看看那些金幣山，再低頭看向腳尖前的幾枚金幣，不由得生起了「果然如此」

的感慨。

怪不得世界意志會要他們到彩虹河裡撈金幣。

可下一瞬，翡翠的眉頭又微微擰起。即使見到了那麼多金幣，世界意志那道平板嗓音卻沒有在他腦中響起。

這表示，他的推論錯誤嗎？

翡翠吸口氣，暫時壓下疑惑，重新將注意力放在前方。

在金幣環繞的中央地帶，立著幾面繪有薔薇與蝙蝠的大屏風，能影影綽綽地看到有人待在後面。

翡翠指指前方，將縹碧的日核礦收起，讓對方過去一探究竟。

縹碧輕盈地飄過去，旋身比出一個沒有危險的手勢。

翡翠稍微安下心，他瞥了眼手上長刀，心念一轉，使之再恢復成樸素法杖的模樣。既能維持武器依舊在手，亦能讓此地的主人不會覺得他們帶有敵意。

珍珠的手指虛握成拳，微弱的螢光在掌心間運轉，只要一有不對勁，這次她一定能將翡翠好好地保護在她的屏障之下。

翡翠悄無聲息地前進，接著他便看清屏風後的光景，簡直就像是客廳和臥室合併在一起的舒適起居空間。

地面鋪展著一張獸皮地毯，擺在上面的桌椅床鋪一應俱全。洞窟頂端倒掛著多串乾燥植物和蕈菇，中間混雜著不少夜光菊，替下方的少女打上了一層迷離光輝。

紫髮少女坐在軟榻上，一手端著杯子，一手捧著書。她的五官青稚，帶著點孩童的天真，只不過膚色過於蒼白，加上表情淡漠，破壞了那張臉蛋本應具備的可愛。

翡翠的腳步聲已放至最輕，縹碧則根本是用飄的，可他們一走進來，少女第一時間就已有所覺察地抬起頭，好似凝著霜雪的銀色眸子平靜地看著這幾名客人。

「要出去的話，等我看完這本書就會讓你們出去。如果想留下來當我的室友，我也不會反對。」她的語氣清清冷冷，像冬天的初雪拂過，「如果你們不想要以上的選擇，那麼就得委屈你們當托耶庇里斯河的河底養分了。」

「我們選一。」翡翠馬上給出答案。

紫髮少女低頭啜飲一口杯中飲料，嘴唇離開杯緣後，上頭沾著一圈艷麗的鮮紅。在夜光菊的幽光照耀下，竟好似一抹血色抹按其上。

「番茄味。」瑪瑙不滿地皺皺鼻子，對此頗有微詞，「不能換個味道嗎？翠翠聞那麼多番茄味，太可憐了。」

紫髮少女冷淡的神情頓時一變，惱火地將杯子用力放上桌面，杯底敲出了一聲大大聲響。

「番茄汁有什麼不好？兔兔牌番茄汁明明是最棒的！你這掌心妖精沒眼力、沒見識，給我過來！我現在就把你塞到番茄汁裡面，讓你從此不敢再說番茄的壞話！」

紫髮少女邊厲聲說話，邊從軟榻上起身，似乎要讓瑪瑙明白她絕對不是嘴上說說，而是要身體力行地執行她的威脅。

所有人，不管是誰，就算是眞神也不行。

都不能侮辱最偉大的兔兔牌番茄汁！

翡翠一把扯過縹碧，讓他充當少女與他們之間的盾牌，同時他終於找出少女身上的熟悉感從何而來，他從記憶裡找到了一張相對應的面孔。

就在昨天暗夜族宮殿裡，歷代女王的肖像中。

那張繫著金銀玫瑰的畫像。

「歌薇雅……陛下？」

被喊出眞名的少女瞬間一僵，銀眸瞪圓，「爲什麼你會……」

這舉動無疑證明了翡翠的猜測無誤，面前的紫髮少女確實就是暗夜族人苦尋不著的前任女王。

——歌薇雅。

第8章

一被點破身分，前一秒還咄咄逼人的歌薇雅就像被戳破的氣球，氣勢全消地坐回軟榻上。

「為什麼你們會知道我的身分？你們明明是外地人吧。」歌薇雅捧著杯子，嘮嘮叨叨地抱怨著，不復原先高傲的模樣，反倒像極了十五、六歲的女孩子。

不過翡翠清楚，就算外表和那股孩子氣多麼容易讓人誤會，歌薇雅也不可能真如表面看上去地年輕。

要知道，人家可是前任女王了，年紀肯定比席維若拉還大。

「我們是塔爾的繁星冒險團。」翡翠自報來歷，「接下了暗夜族的委託才會來到浮光密林，沒想到會在彩虹河上被……」

「被鴨鴨吞了。」歌薇雅幫他接下話。

「鴨鴨？」翡翠一愣，「陛下說的該不會是……」

「別喊我陛下，我早就不是女王了。現在是席維若拉那丫頭在位吧，喊我名字就可以了，反正你們不是知道了嗎？」歌薇雅小口小口地喝著她心愛的番茄汁，「鴨鴨就是這條蛇啊。你長那麼漂亮，也難怪鴨鴨會想吞掉你了。」

一條蛇卻叫作「鴨鴨」？翡翠忽然覺得自己的取名品味眞的很不錯，他可是爲小精靈們取了瑪瑙、珍珠和珊瑚這幾個名字。

這時候他早忘了，他最初取的可是珊瑚草和珍珠奶茶。

「我族的委託嗎？」歌薇雅若有所思地打量眼前的綠髮妖精，「又到了大量收集發光小菇的時候了嗎？」

「妳知道？」

「我雖然待在鴨鴨裡，但不代表我不知道外面的事。發光小菇晚點再提，先說說你們吧。知道我是誰，表示你們進去過宮殿、見過我的畫像，還知道托耶庇里斯河的別稱是彩虹河。從這幾點就能知道，你們和我族之間不是單純的雇傭關係，你們應該和地位高的暗夜族認識，還有著某種程度上的交情。」

「我們和暗夜冒險團認識。」

「原來如此。」歌薇雅驀地笑開來，「你就是那個曾經救了我孫女的木妖精吧。」

「孫……孫女？」翡翠一時沒反應過來，「誰？」

「蘿麗塔，那個蠢孩子，她還是那麼蠢對吧。」歌薇雅感嘆地說，對翡翠他們的態度更加熱絡了幾分，「你們坐吧，不想坐的話也可以躺地上，喝番茄汁嗎？」

「不用了，謝謝。」翡翠近期都快聞番茄色變了，「所以歌薇雅妳是……」

「從輩分算，我是她外婆。」少女模樣的歌薇雅從容地說。

聽見一名看起來才高中生的女孩子說自己當了外婆，翡翠覺得自己多少都該覺得震驚的，可意外地是他沒有。

他甚至還感到稀鬆平常，就好像自己也曾接觸過外貌和年齡極度不相符的人。

唔，既然他的世界有妖怪，那有這樣的人存在……想必也不是不可能的。

短短幾秒翡翠就找出了合理的答案，他重新把心思放在現況上，「妳為什麼會知道我曾經……」

「救了蘿麗塔嗎？」歌薇雅挑挑眉毛，「我剛不是說過，我雖然待在這裡，但也能知道外界的事。很多小崽子都喜歡跑來彩虹河約會或是幹點其他的事，只要鴨鴨剛好經過，就能聽到他們說的話。」

「看樣子，這不只是魔導具，是我先前推論錯了。」縹碧突地插話，他站在一面石壁前，半透明的手掌一貼上去，光紋瞬如水波浮現，轉眼朝四周擴散，「這隻聖蛇，是魔導生物獸。」

歌薇雅猛地站了起來，少女的青稚從她臉上消失無蹤，射出的目光銳利冰冽。

「看，這是疊加型的魔法陣。」縹碧好像沒感覺到歌薇雅的殺機，愉快地逐一撫過光紋，「設計得眞漂亮，以黑暗與光明系的法陣作爲基礎，再融合代表生機的木系法陣，模擬出一個虛假的生命……啊，這邊是空間系的波動。製造出這隻魔導生物獸的人眞聰明，肯定比不上大魔法師，但也勝過太多人了。」

「大魔法師？你說的是伊利葉？你和他是什麼關係？」歌薇雅訝異地問。

這次換翡翠迅速瞪向縹碧，要是對方敢洩露出自己是伊利葉遺產一事，他就把那隻靈當果凍吃了。

「我曾經有幸拜讀過他的著作。」縹碧不自覺地摸摸後頸，不知何種緣故，驀然像是有寒風吹過，「他判斷法陣種類的論點相當精闢，而且實用。因此我才能做出剛才的基本分析，如果我有哪個地方說得不對，可以指正我。」

縹碧嘴上這麼說，可矜傲的態度直白地流露出他不可能出錯的篤定。

見狀，歌薇雅的目光倒是緩和幾分。

剛聽縹碧侃侃而談，她還以爲對方有能力對聖蛇造成破壞，不過既然只是嘴巴靈活而已，倒是不用太過戒備。

「你有一個知識量豐富的契約者，翡翠。」歌薇雅誇讚道。

「是啊是啊，可惜不能吃。」翡翠順口一說。

歌薇雅只以爲自己聽錯，沒當一回事。

縹碧卻是頰邊肌肉一抽，聽出了翡翠有多麼認眞和遺憾。要不是他沒辦法自由脫離這具魔導生物獸的體內，他早就和翡翠拉開一個足夠安全的距離了。

「先在這裡待一陣子吧，放心，不用三五天的，就眞的是一天內的一點時間而已。等時間到了鴨鴨就會張開嘴巴，或者你們不介意從鴨鴨靠近尾巴的那個洞出去。」歌薇雅給了翡翠他們一記「你們懂的」的眼神。

喔，蛇的泄殖腔，通俗一點講就是肛門。

那還是先坐一會吧，要是讓斯利斐爾知道他們從蛇的屁股出來，不論這隻蛇是眞的還是假的，潔癖狂大概會想掐住他的脖子，讓他從頭到尾徹底學習一下精靈王該有的優雅和高貴。

既然這地方安全無虞，翡翠自然也放心地讓瑪瑙和珍珠從包包裡出來。

珍珠借了歌薇雅的一本書來看，書封似乎因爲時間久遠而褪色大半，就連書名也糊了不少，只隱約看見「囚禁」和「甜心」這幾個字。

瑪瑙跳上桌子，雙手托著下巴，小腦袋仰高，這樣才能有好角度欣賞翡翠的美貌。

大人則繼續大人之間的話題。

「歌薇雅妳爲什麼會待在這裡？其他人都以爲妳失蹤了。」翡翠將心中疑惑問了出來，「還有這裡面怎麼那麼多金幣？外面的東西又是……」

「吃鹹菇嗎？」歌薇雅站在軟榻上，伸手往上頭植物串裡一拉，幾朵蘑菇冷不防掉了下來，被她牢牢抱在懷裡，「這個沒毒、沒負作用。你邊吃，我邊回答你的問題。」

來到浮光密林兩天，翡翠頭一次碰到沒毒還沒負作用的菇類，登時內心湧上一縷感動。他將外表粉紅的蘑菇撕成小碎片，和瑪瑙他們一塊共享。

瑪瑙和珍珠只意思意思吃了一片就全留給翡翠。

翡翠咬著鹹菇，驚喜地發現居然是烤肉味的，雖然不是眞正的肉類，但已大大拯救他的心靈，恨不得能再來個一打。

「想吃還有。」歌薇雅身爲長輩，很樂意餵食小輩，尤其是長得特別漂亮的小輩，看他吃東西的樣子就覺得香，「我不是失蹤，只是躲起來度過我的養老生活而已。雖說在不知情的人眼中，我像無緣無故地失蹤了。」

「原來這裡等於是妳的養老別墅啊……」這樣一來，翡翠就理解彩虹蛇的體內爲什麼會充斥那麼多生活用品。

「鴨鴨肚子裡面很安靜，還能種個鹹菇，吃膩了再換口味就好。有時也能從河裡打撈到不少東西，有用的就留下，沒用的再叫它吐到陸地上。巡邏隊要是看見了，就會清理掉。既然你都進宮過了，那也看過宮裡的那些畫像了吧。有發現我的跟其他女王的比起來，哪裡不一樣吧？」

「妳的畫像有金玫瑰和銀玫瑰？」

「當然不對！」歌薇雅一提起這話題就有氣，她指著自己的臉蛋，要翡翠好好看清楚，「臉啊，我的臉讓我的年紀看起來就是顯小，不管走到哪，大家都會忘了我早就超過一百歲。暗夜族若是長壽可以活到一百五十，而通常一百歲的時候，女王就會卸任，換新的繼承人登基。你知道我現在都幾歲了嗎？都已經要到回眞神懷抱的時候了！」

翡翠換算一下，也就是說歌薇雅差不多接近一百五十歲了。

「偏偏因爲我的外表，旁人都會忘記我早就邁入高齡階段。」歌薇雅蔫蔫地倒回軟榻上，「不讓我退位，總覺得我能再做下去……再繼續待在王位上，我眞的要做到過勞死了。我也想像其他女王一樣，可以悠閒地養老，所以忍無可忍之下，直接跑了。」

「沒有留下任何隻字片語？」翡翠問道。

歌薇雅有氣無力地說，「當然有，我特地留了一行字，說我要走了，別找我。」

「留在哪裡？」翡翠深入追問。

要是歌薇雅的訊息有被看見，也不會被認定是失蹤了。

「我留在一顆番茄上面。」歌薇雅記得很清楚，還能仔細描述那顆番茄的模樣，「那可是那一年的番茄王，就是公認長得最紅、最圓、最漂亮的一顆番茄，會留給女王及其家人食用。」

翡翠破案了，歌薇雅的訊息百分之三百是被人吃進肚子裡，連被注意到都沒有。

「席維若拉或是蘿麗塔在吃之前一定會看見的。」歌薇雅對此信誓旦旦。

「妳吃番茄之前，會看上面的表皮紋路長什麼樣嗎？」珍珠溫吞的嗓音從書後飄出來。

「當然不……」歌薇雅瞬間語塞，似乎終於意識到一個大盲點。

假如自己都不會看，自家的女兒和外孫女會有那份細心去留意嗎？

歌薇雅像是遭到打擊，露出失魂落魄的表情。

「這裡為什麼會有那麼多金幣？」翡翠持續丟出問題。

「金幣只是鴨鴨喜歡而已。」歌薇雅心不在焉地回答，「在聖蛇傳說裡，聖蛇最愛吃的就是金幣了，因此族裡的人要是來到河邊，大多會丟個硬幣到河裡，他們認為如果能被聖蛇吃進肚子裡，他們的小願望就可能會實現。」

「聖蛇傳說又是……」翡翠這一次的問題沒來得及問完。

一直安穩的洞穴內突然出現一陣小幅度的晃動，垂吊在上方的植物串也跟著一起擺晃，還有幾朵鹹菇從上頭掉了下來。

歌薇雅立刻回復理智，她警覺地坐直身體。

就連繞著岩壁觀看法陣結構的縹碧也停下。

「發生什麼事了？」翡翠動作飛快地把珍珠和瑪瑙撈起來放回包內，預防震晃再次出現，「是彩虹蛇撞到什麼了嗎？」

「不。」歌薇雅眼神一凜，「鴨鴨就算在河裡撞到什麼，也不可能會影響到這個空間。這是它在躁動時會有的現象，外面一定有什麼不對勁，才會讓它產生這種反應。我要出去看看，你們可以繼續待在這裡。」

即使這裡有鹹菇可吃，翡翠也不想待在這個密閉空間裡，太容易影響小孩子的身心健康發展。

跟著歌薇雅來到像是出口處的地方，翡翠慢一拍地想起一件事。

彩虹蛇的嘴巴還沒到打開的時間，那麼……

歌薇雅之前是不是有說過，他們得從什麼部位才能成功出去？

感謝眞神，魔導生物獸的泄殖腔和嘴巴同樣，都沒有追求擬眞的意思，否則翡翠他們就得被迫看到一堆不想見識的畫面。

彩虹蛇聽從指揮地浮到了水面上，讓眾人有個落腳的地方。

天色猶亮，翡翠張望了下，只能確定他們是在彩虹河上的某一段，周遭場景太相似，恐怕只有暗夜族才有辦法辨認出來。

歌薇雅太久沒沐浴在陽光底下，與大多數暗夜族一樣，她也不喜歡白晝時刻。她眉頭皺得死緊，可礙於要確認現下情況，仍是強行忍住想回到黑暗角落裡的衝動。

她瞇著眼，從另一邊河岸感受到了某種讓她不愉快的氣息。

很顯然，彩虹蛇就是被那縷氣息刺激到。

「你們先在這等我一下。」歌薇雅背後「唰」地展開了一對金黃翅膀，巨大的蝠翼在日光下燦若流金，華麗無比，細小的絨毛隨著微風拂過而顫動。

歌薇雅拍動金翼，嬌小的身子即刻上升到高空，銀白的眼珠霎時產生異變，如霜雪的冰冽顏色從眼珠中心擴散。

與此同時，在她眼中的畫面也隨之一變。

能自由飛行一向是縹碧自傲之處，乍見歌薇雅也能飛上天空，他的好勝心登時被激出來。但他面上仍是不顯，而是以一種淡然的姿勢輕靈地竄入空中。

飛上天之前還不忘朝翡翠的方向一回頭，他這是要讓對方知道，比起飛行時的氣質和熟練度，自己是不可能輸給別人的。

可惜翡翠壓根沒抬頭，他正好奇地眺望對邊，想知道是什麼讓歌薇雅面露警戒。

縹碧哼了一聲，扭頭望向對岸。

彩虹河的另一邊亦是無盡林木綿延，直到隱沒至大山裡。蔥鬱的綠色覆蓋在大地上，縱使縹碧的「看」與常人不同，可他也無法看透樹林底下是否有異常。

「嘖。」縹碧就像和人較勁卻失敗的小孩一樣，板著臉從上空降下。

「有看到什麼嗎？」翡翠問。

「很多樹。」縹碧冷淡地說。

這就是什麼也沒發現了。翡翠自動解讀縹碧的真正意思。

相較於縹碧什麼異況也沒察覺到，歌薇雅視野內卻截然是另一回事。她瞳孔一縮，不敢相信自己所目睹的畫面，胸口處有如被重石壓上，讓她呼吸困難。

「不該那麼早，照理說時間根本還沒到……」歌薇雅喃喃地說。她緊緊閉了下眼，但睜開後所見到的一切並沒有絲毫改變。

那些讓人怵目驚心的痕跡依舊存在。

「歌薇雅？」翡翠在下面喊道。

歌薇雅飛回至蛇身上，冷不防抓住翡翠的兩隻手，「我有事情要交給你去做，但在這之前，我得先讓你看清楚，你才有辦法向席維若拉描述。」

不待翡翠同意，歌薇雅的金色蝠翼驟然搧動，一把將人給拉上天。

歌薇雅看似不費吹灰之力，但翡翠可就吃了一點苦頭。他的兩隻手腕被牢牢箝制住，腳下沒有任何支撐點，可以說全靠手腕上的那一份力道支撐在半空中。

「珍珠！」瑪瑙最見不得翡翠吃苦，急聲催促。

「不用你說，我也知道。」珍珠的指尖冒出一點瑩光，她朝虛空繞了幾圈，一面小小的光壁不著痕跡地在翡翠腳下展開。

翡翠馬上感覺到自己突然間能穩穩站著，他心領神會地低下頭，和珍珠恬淡的笑臉撞個正著。

「翡翠你閉上眼睛。」歌薇雅開口，「我讓你看暗夜族才能看見的東西。」

翡翠摸不清這位前女王想要做什麼，他不解地閉上眼睛，隨即愕然地抬頭看向上方的紫髮少女。

「再閉上。」歌薇雅沉聲說道，「時間快不夠了，別浪費，你得看個仔細才行。」

翡翠將差點脫口的疑問嚥回去，依言再閉上眼，那幅奇異畫面再度猝不及防地闖進了他的大腦中。

單調的灰白色佔據大片範圍，從深深淺淺的景物輪廓可以看出是樹木、是山脈，還有……

翡翠迅速反應過來，跑進他腦海的畫面分明就是彩虹河對岸的景象，只不過他用眼睛看的時候是彩色版，現在腦子裡浮現的像是開了灰階效果。

然而在這片深淺不一的灰白景象中，卻有著極突兀的一點暗紅。就好像一滴顏料不小心墜落其上，抹也抹不去，成了礙眼的存在。

「看到那片紅色了嗎？那是暗靈。」歌薇雅說，「這是暗夜族王室才具有的特殊能力，我們可以察覺暗靈的存在。你現在大腦中看到的，就是透過我的眼睛所見到的，但你得閉著眼才有辦法接受我傳遞過去的圖像。」

翡翠張開眼，果然就如歌薇雅所說，腦中的灰白畫面頓時消失。他再閉眼，重新查看彩虹河對岸的光景。

那個暗紅色的點正在蠕動，有如一隻令人不快的小蟲。

它前進的速度很緩慢，除非特別留意它的動靜，才會發現它確實有在移動。

沒想到就在下一瞬，那個小點分裂成更多細碎小點，而那些小點竟慢慢地變大了，增長成本體最初的大小。

翡翠不由得想到一個糟糕的可能性。

假如那些被分裂出來的暗紅小點在同樣時間內重複一次剛才的動作，要不了多久，灰白色的地域就會被這片暗色佔領。

「要是放著不管……會變怎樣？」翡翠張開眼，舔舔發乾的嘴唇，「那些被妳稱爲『暗靈』的東西，究竟是如何出現的？」

歌薇雅把人拎回大蛇背上放好。

她吐出一口氣，青稚的面孔覆滿肅然，「蘿麗塔他們有跟你提過聖蛇的傳說嗎？」

翡翠想起佩琪昨日提過的事情。

傳說，暗夜族人在死去的時候，身上會飄出光明與黑暗。如果任憑飄散，光明會撫慰大地，但是黑暗卻會危害大地，因此它們一律會被聖蛇吸收。

「暗夜族人在死亡後，會飄出光明與黑暗……」翡翠倏地靈光一閃，「那個黑暗，跟暗靈有什麼關聯嗎？」

「它們就是暗靈。至於光明，就是光靈。」歌薇雅說。

「發光小菇內有很多光靈。」珍珠思路敏捷，從至今聽到的話語中抽絲剝繭，「暗夜族委託冒險獵人找發光小菇，是爲了它們蘊含的光靈嗎？爲什麼？」

「是啊，爲什麼呢？」翡翠忍不住順著珍珠提出的方向思考下去。

在傳說裡，聖蛇必須吸收大量光靈，才有辦法把吞噬的暗靈消化完畢，否則亦會對自身帶來傷害。

但是，暗靈和光靈的分量會永遠相等嗎？

光靈如果多於暗靈，那顯然不會構成什麼大問題。

可一旦死去暗夜族體內飄出的光靈數量遠比暗靈要少呢？要從哪邊找到更多的……

「發光小菇的光靈，難道就是爲了防止暗靈過多而收集的？」翡翠脫口問道：「你們是爲了防範，才會找人幫忙尋找發光小菇？」

「傳說不完全是傳說。」歌薇雅知道所剩時間不多，加快語速地說道。她必須讓翡翠他們理解事情的嚴重性，才能託他們準確傳達消息。

「很久很久以前，神創造了暗夜族，也讓聖蛇伴隨我族而誕生。暗夜族身上具備暗靈與光靈，它們會隨著時間而壯大。暗夜族一死，暗靈和光靈便會散逸出去，再被聖蛇吞沒。但聖蛇不是永生不死的，現在留下來的，是以牠殘留於世上的軀體製造出來的第四代魔導生物獸。」

翡翠恍然，怪不得佩琪會說這是第五代聖蛇，看樣子初代是聖蛇本尊，後面幾代都是魔導生物獸了。

「魔導生物獸的力量終究有限，比不上眞正的聖蛇。它的吸收速度變慢了，能儲存的光靈減少，光靈若沒被吸收，只會徘徊一陣子，接著便徹底消散。但暗靈不一樣，它會沉至大地，經年累月地累積，聚成實體，然後從土裡鑽出，如蟲子羽化，成爲一種名爲『螢火鬼獸』的魔物。牠們會匯聚起來，侵略並殺害一切所碰到的活物，這狀況被我族稱爲——暗潮。」

暗潮……翡翠心頭一緊，假如那些暗靈增生速度不變，暗紅的點恐怕短時間內就會眞的如同浪潮，將灰白色區域徹底吞噬殆盡。

「但暗潮的出現是有規律的，每一次成形都時隔兩百年。距離上一回暗潮結束至今，照理說還有三十年的時間。」歌薇雅深吸一口氣，「不知什麼原因，它提前了，這是前所未見的情況。暗潮要不了多久就會成形，在這之前，我會設法拖著它們。」

彩虹蛇驟然一扭身，長長的尾巴以扭曲的弧度搭上了翡翠來時的那側岸邊，轉眼成了一座接連橋梁。

「事態緊急，去找席維若拉，去找我的女兒，警告她暗夜族的災難即將到來！」歌薇雅厲聲一喊，「快去！」

不待翡翠給出任何回應，她雙腳離開彩虹蛇，飛至空中。她的金黃雙翼刹那間伸展得更大、更大，彷彿下一刻就能遮天蔽日。薄膜上的微小絨毛以肉眼捕捉不到的速度極快顫動，點點金粉從裡中飄飛出來，像是在大白天出沒的螢火蟲。

翡翠心裡清楚，他可以不理會歌薇雅的請託，畢竟這跟他們不相干，也不在委託當中。

他們甚至只要離開浮光密林就好，一個專業的殺手是不管閒事的，尤其這閒事的危險程度還那麼高。

但世界任務的線索在這個地方，認識的暗夜族人還毫不吝惜地對他們釋出了友善。

更重要的是……

翡翠低下頭，對上瑪瑙和珍珠的目光。

兩名小精靈眼中滿懷對他的信任和依賴，似乎無論他做了什麼，都不會動搖他在他們心目中的至重地位。

「不能教壞小孩子啊……」翡翠喃喃地說。

在那兩雙澄澈如寶石的眼眸注視下，他想要成為他們的榜樣。

心意已決，翡翠無預警抓住縹碧的手，「縹碧，幫個忙，幫我盯住對面的動靜。」

翡翠不是沒考慮過讓縹碧回去會更快，可思及宮殿外有防護法陣，靈可能會遭遇危險，而讓縹碧隨便找一個暗夜族傳訊，對方只怕也不會相信。

既然如此，倒不如讓縹碧代替他見證螢火鬼獸孕育出的過程，這樣他趕回來時，便能在最短時間內掌握最新發展。

「我只會袖手旁觀。」縹碧對暗夜族會面臨何種災難漠不關心，「別奢望我阻止，就算我能，我也不想。」

「那就替我好好看著即將發生的一切。」翡翠微笑，「你是我的契約者對吧，你會達成我的要求，讓我看到你的完美對吧。」

縹碧一副勉爲其難的模樣，可轉眼竄飛至高空的速度卻比任何時候都要快。

「珍珠、瑪瑙，坐好了，我們要衝了！」翡翠一個箭步蹬出，矯捷的身影宛如離弦之箭，一晃眼就穿過了彩虹河，踏在堅硬的土壤地面。

沒有再向後看一眼，翡翠帶著瑪瑙他們頭也不回地往掠影村的方向狂奔而去。

靈可以隨心所欲地移動，速度要快要慢皆可自行操控。

不過對於曾經身爲縹碧之塔守護者的縹碧而言，他還能簡單地運用氣流加快他的速度，讓他有如一顆疾速子彈，輕而易舉地就追上了金翼大張的歌薇雅。

暗夜族的前任女王停佇在高空中，背後的那對金耀翅膀驀地揚高，再猛力地揮下。

凌厲的風聲呼嘯響起，像是野獸發出尖利的嚎叫，撕裂了空氣，撕裂了陽光——

再一舉撕裂了下方的碧色！

繁茂森林被粗暴蹂躪，粗壯的樹幹一口氣斷裂無數，枝椏傾倒，砸在大地上發出沉悶的聲響。

剎那間，底下就被清出一片視野不受遮蔽的空地，讓人得以清楚窺見一切動靜。

除了一個個褐色樹樁外，還能見到一縷縷似煙似霧的黑暗色彩盤踞在地面上。它們以扭曲的方式蠕動著，像是令人生厭的蟲子。

它們每經過幾次蠕動，自身就會分裂成更細小的存在，隨後那些小分子再重新增長，直到它們長至一顆頭顱的大小，又會再分裂、增長……

這個過程不斷重複，彷彿永無止盡。

縹碧厭惡地皺起眉頭，那幅光景令他本能地感到不快。

在暗夜族的感知中，暗靈在他們的特殊視野內呈現暗紅色，切換回正常視野，暗靈就如同字面上一樣，像是最深稠的黑暗所匯集而成。

歌薇雅望著下方躁動不休的暗靈，金黃蝠翼開始以一定頻率搧動起來。更多金粉不停地朝她兩側擴散，它們在日光底下閃閃發亮，像是流動的金屑，由上至下地形成燦爛光幕，逐漸朝著一個方向圍起。

縹碧飛得比歌薇雅還要高，往下俯視，他看見那些金色粉末勾勒出的路線宛如一個C字形，似乎只要持續下去，就能將缺口完全收攏，成為一個封閉的圓。

然而金粉擴散的速度卻以肉眼可見的速度越來越慢，幾乎到難以前進的地步。

歌薇雅本就蒼白的膚色被日光一照，竟顯得有絲透明，豆大的汗珠從她的額角、鼻尖沁出，再滴墜下去。

但她連擦拭的時間都沒有，全副心力都放在結界的架構上。如果不全神貫注，金粉就會朝後退去，將本就沒封閉完全的裂口撕得更大。

歌薇雅聚精會神地運用上全部力量，本就巨大的黃金蝠翼猛地又壯大了尺寸，襯得她的身軀嬌小得不可思議。

隨著那對輝煌翅膀強勁拍動，金粉終於銜接成一個沒有缺口的圓，將觸目所及的暗靈全部圍困在裡面。

暗靈好似什麼也沒察覺到，它們分裂、增長、交纏、融合，同時遵照本能地拚命往前移動。

它們一心一意只想往浮光密林的方向前進，那裡有很多生命力，很多食物。它們甚至沒察覺到有東西阻擋去路，只一昧地往前衝撞。

越來越多暗靈擠在一塊，很快跌成一片，後方的暗靈立刻迅速遞補上位置，它們毫不遲疑地踩踏和自己同樣的存在。

然後下一批繼續擁上，它們密密麻麻地堆疊在一起，漸漸地越疊越高，像是無數朝上鑽動的黑蟲。

歌薇雅無力阻止暗靈的行動，她唯一能做到的就是盡可能地困住它們。汗水幾乎濕了她整張面容，她喘著氣，眼珠中心的銀白又一次擴散。

視野再度切換。

灰白世界中，不祥的暗紅正在大幅增加，距離它們羽化成爲螢火鬼獸也不過是時間上的問題。

倏然間，歌薇雅注意到結界內的某一處有著最濃稠的暗色。

暗靈會隨著本能的支配而行動，它們不會停留在同一個位置。

可奇異的是，歌薇雅看見的那一點暗紅色彩，卻一直固定不動。

暗靈提早出現……難道跟那地方有關嗎？

「翡翠的契約者。」歌薇雅繼續以天賦觀看一切，「你能進去裡面嗎？我的結界是防堵暗靈用的，對你這樣的亡靈不會有影響，你應該能來去自如。我希望你可以去幫我確認一件事，我會把畫面傳給你，幫我去那個地方看看，是否有哪裡不對勁。」

縹碧一點也不想踏進那個擠滿漆黑物體的結界裡，但爲了翡翠的交代，他不怎麼甘願地咂咂嘴，還是伸手貼上了歌薇雅的手背。

「你有看到了嗎？那個不會動的點，我要你去那裡查看。」歌薇雅只足夠分出這一絲說話的餘力，隨後她便緊閉雙唇，唇瓣同樣早就血色盡褪。

她整個人看上去搖搖欲墜，但好似又有一條無形的弦線扯著她，讓她綳得緊緊，死守在崗位上。

就算已經卸任，她仍是暗夜族的女王。

爲了她的子民，她絕不會後退一步！

縹碧心念一動，頓時輕飄飄地落了地，流光閃爍的結界對他果然沒有絲毫阻攔，讓他輕易地穿過。

暗靈沒有發覺縹碧的到來，它們如同飛蛾撲火，瘋狂地往前擁，並踩踏過底下同伴的身軀。

向著浮光密林那面的結界變得黑壓壓一片，全是層層疊疊、恨不得衝出屏障的暗靈。

縹碧對周邊的恐怖場景視若無睹，他姿態優雅地穿過了那些暗靈，袍角和袖角輕輕拂動，直直走向了記憶畫面中所見的那個地點。

他在一截樹樁後方俯下身，看見那裡栽植了十來朵燈菇，還排列出愛心的形狀。然而矮胖的燈菇卻產生了異變，咖啡色的蕈傘上浮現古怪的潰爛痕跡，崩裂的部分滲出螢光色的汁液。

縹碧記得那靜止不動的暗紅色就在這些燈菇的正中央，他忍住嫌惡，跨過了燈菇，蹲下身開始挖掘。

才淺淺地挖了一層，縹碧的手指就碰觸到一個硬物。

單憑手指摸索沒辦法判斷出是什麼，只覺得那物體相當堅硬，還有稜有角。

縹碧嘆了一口氣，沒想到自己堂堂大魔法師的遺產有天會蹲在這裡幫人挖東西。

確認那東西的大致尺寸和位置後，縹碧抽回手，指尖在空中簡單地揮劃幾筆，淡綠色的風迅速在他身邊聚集，下一瞬沒至土壤內，將埋在其中的物體一舉托出。

隨著泥土窸窸窣窣地掉落，那東西也露出原貌。

縹碧臉上出現短暫的愣怔。

而在縹碧身後，層層疊疊的暗靈就像是一座歪斜建造起來的黑塔，直到最頂端的暗靈碰觸到了光壁的邊緣，它從上方翻滾下去——

暗靈，突破結界了。

第9章

帶著透明感的陽光從樹冠間灑落下來，剛好照在一名暗夜族抬起的臉上。

「啊啊！要瞎了、要瞎了！」

他忙不迭地摀著臉，飛快跳到一邊去，恨不得把自己整個人縮到陰影裡，和陽光完全隔離。

這反應在暗夜族中很正常。

絕大多數的暗夜族都是晝伏夜出的習性，也有一部分可以接受晝出夜伏，但仍是本能地不喜陽光，寧願挑沒有光照的陰暗角落行走。

這部分人通常都會成爲巡邏隊的一員，肩負巡視防守的職責。

只有極少數人對白日無感，甚至樂於享受與族人迥異的作息。

暗夜族的小公主和她的幾名近衛就是這類少數人。

一枚果子冷不防快狠準地扔過來，砸上了還在哇哇叫的新人巡邏員的腦袋上，也砸掉了他的抱怨。

「吵死了，菜鳥。有時間在那鬼吼鬼叫，還不如把力氣省下來。」不耐煩開口的是個留著絡腮鬍的魁梧劍士。

假如翡翠見到了就能認出來，這是暗夜冒險團成員之一的加爾罕。

這次回到浮光密林，加爾罕見巡邏隊有些人手不足，乾脆自願加入幫忙，公主近衛的工作就暫時先全部交付給伊迪亞和佩琪。

加爾罕外表給人憨厚的印象，咖啡色的眼睛更增添溫和。可實際上他性子有幾分急躁，見到巡邏隊的新人居然爲了點小事就大驚小怪，忍不住直接訓斥幾句。

旁邊熟悉加爾罕個性的第一小隊隊長哈哈大笑，也不在意他嫌棄自己底下的隊員。

「亞格拉還是小菜鳥，對我們的新人溫柔點啊，加爾罕。」

「太凶的話會把人嚇跑的。」第二小隊隊長加入調侃的行列。

「這樣還不叫溫柔？」加爾罕翻起白眼，「不然待會我跟佩琪換班，讓她過來跟你們一起行動算了。」

本來也想打趣的其他隊員們頓時噤聲，個個大氣都不敢喘一下，彷彿怕自己一說出來，就會把加爾罕提到的那位人物召來。

亞格拉看著繃緊表情，像是如臨大敵的兩位隊長和前輩們，無數疑惑冒出心中。

他對佩琪這個人不甚熟悉，只知道是公主的近衛之一，還和人組了一支冒險團，是名外貌清秀、個子嬌小的女魔法師。

這樣的人……真的會那麼可怕嗎？

負責帶領他的直屬前輩似乎看出他的想法，拍了拍他的肩膀。

「菜鳥，佩琪可是號稱暴力系的魔法師。比起使用魔法，她更擅長直接掄高法杖，狠狠地敲下來。而且她以前除了是公主的近衛外，還身兼巡邏員的訓練官。」

「大家都是挨過她拳頭的人啊……」第一小隊隊長哀聲嘆氣。

「你們只是以前，我跟伊迪亞可還是現在進行式。」加爾罕下意識摸摸自己的腦袋，法杖敲上去的滋味可一點也不好受，不過想到伊迪亞才是最慘的那個，他心中又平衡過來了。

巡邏員們都給予加爾罕同情的眼神。

「好了，我們繼續吧。麥雷，你們左，我們右。」第一小隊隊長朝眾人比了個手勢，兩隊成員會意，聚起的多條人影霎時又分散開，各自前往不同方向巡視。

只要發現不對勁，他們第一時間就會傳回消息。

加爾罕皺眉看著被留在他眼前的新人，覺得自己被坑了一回，第一小隊的混蛋壓根是想讓他當保母吧。

「跟好我，留意周圍動靜。若不擅長控制腳步和呼吸的音量，就變回蝙蝠形態。」加爾罕雖然不想帶新人，但還是出聲指點。

畢竟巡邏隊可說是暗夜族最重要的第一防線，浮光密林裡一旦有任何風吹草動，都是由他們最先觀察到。

菜鳥要是不盡快成長起來，只會扯巡邏隊的後腿，還可能耽誤重要傳訊。

年輕的暗夜族顯然也明白這點，他立即聽進指導，選擇先變回一隻黑漆漆的蝙蝠，謹慎地跟在加爾罕身邊。

或許是在外冒險的時間久了，加爾罕更習慣以雙腿站在地面上，他身手矯健地行走在叢林中，水潭、樹根、橫倒的樹木、滑膩的青苔，對他而言都稱不上困難。

第一小隊和第二小隊負責的區域靠近彩虹河中游。

這邊很適合發光小菇生長，因此一路走來時不時就會與採集野菇的冒險獵人打上照面。

加爾罕也碰上了幾個認識的冒險團，交情好的就透露一、兩個容易找到發光小菇的地點，交情普通的就只是打聲招呼。

如果遇上迷路的，就幫忙指出正確的路線，以免對方出了意外，會自找麻煩。

「嘿，加爾罕！」

加爾罕魁梧的大個子相當有辨識度，就算背對著，光從背影也讓尼可拉斯一眼就認出。

加爾罕回過頭，瞧見喊住自己的人是鐵灰色短髮的第六小隊隊長。

「尼可拉斯。」加爾罕挑挑眉，倒也不覺意外。

雖說各巡邏隊負責區域不同，但有些地方多少會重疊，自然容易撞上其他小隊。

「只有你一個？」加爾罕沒看見尼可拉斯身後有其他人。

尼可拉斯聳聳肩膀，往上一指。

加爾罕憑藉敏銳的眼力，在濃密的枝葉間找到了好幾隻又圓又胖的黑蝙蝠。

察覺到他目光的蝙蝠揮揮翅膀，充當是打招呼。

「加爾罕，你這邊只有你跟……」尼可拉斯端詳了加爾罕身旁的黑蝙蝠一陣，對方看上去跟他隊裡的那些小混蛋一模一樣，都是又圓又黑，他實在辨認不出來，「這隻是一隊還是二隊的？」

「一隊的菜鳥，布萊特那傢伙把人丟給我了。」加爾罕屈指一彈，把身旁的圓蝙蝠彈飛，「菜鳥，去前面看看情況。」

尼可拉斯眼光老練，一看亞格拉的飛行路徑就知道「菜鳥」這說法不假，居然就這麼大剌剌地飛了過去，連要隱蔽自己的行蹤都忘記了。

「回去得叫布萊特再好好訓練一下。」尼可拉斯搖搖頭，和加爾罕閒聊幾句，就帶著自己的第六小隊準備去巡視另一端。

一陣細小卻不會被暗夜族忽視的騷動驀地傳來。

一隻黑色蝙蝠驚慌地從樹叢內衝出來，他飛得很急，甚至有幾次差點撞到了橫出的枝椏。

赫然是剛被加爾罕彈飛的亞格拉。

不只加爾罕，尼可拉斯眉頭也皺得死緊。就算是新人，也不該飛得跌跌撞撞，簡直有辱巡邏員的名聲。

「加爾罕前輩，有奇怪的東西……有奇怪的東西出現了！」亞格拉急著要向加爾罕他們報告自己所見所聞，連速度都忘記控制，等到想要停下，卻發現收不住勢，只能一頭撞向粗壯的樹幹。

好在尼可拉斯眼明手快，及時抓住了那隻和黑煤球差不多的蝙蝠。黑蝙蝠頭暈眼花，半晌後才搖搖晃晃地從尼可拉斯的掌心裡爬起。

「有奇怪的東西！」亞格拉顧不得向尼可拉斯道謝，慌張喊道：「好多黑色像煙又像霧的東西……正朝著浮光密林的方向來了！」

加爾罕和尼可拉斯對視一眼，立刻讓亞格拉帶路，直接去一探究竟。

第六小隊的隊員們也連忙跟上。

遼闊的彩虹河仍舊不疾不徐地流動著，日光倒映在上面，像無數金鱗閃爍，隨即又被水流沖得破碎，而後再次聚集，周而復始。

這對暗夜族來說，是再熟悉不過的光景。

可如今，這份熟悉中突兀地染上了一抹變異。

加爾罕等人沒有看見亞格拉說的像煙又像霧的東西，他們看到的是一顆顆碩大如人的腦袋、表面覆滿闃黑花紋，而花紋彷彿活物不停遊走的詭異物體。

「那是……什麼？」一名巡邏員不由自主地從蝙蝠變成人身，結結巴巴地嚷，「隊長，那些黑色的玩意……」

幾乎在那名巡邏員失聲大叫的同時，裹著黑紋的圓球們驟然產生突變。

圓球就像是一團黏土，被無形的手指粗暴揉捏，一下拉長一下增寬，再一眨眼，就成了近一人高的漆黑怪物。

怪物表面覆著短而細的黑色毛髮，皮毛花紋隨時游動，彷如擁有自我意志；而且背後張著一對比軀體小上許多、難以用來飛行的翅膀，翅膀由薄膜和骨架構成，臉部滿是皺摺，一對耳朵大而怪異。

乍看下，簡直像一隻隻畸形蝙蝠。

而在那些大蝙蝠的胸口處，隔著皮膚能看見一顆螢光色的心臟在跳動。

不祥的藍色幽光如同飄蕩夜間的鬼火。

加爾罕和尼可拉斯面色鐵青，身軀僵硬，血液像在這瞬間凝固住，龐大的壓力鋪天蓋地地從上壓下。

他們不敢相信自己看到了什麼。

但這確實又是他們親眼所見。

「隊長……」一名年輕的暗夜族好不容易才找回自己的聲音，他冷汗如瀑，不得不變回人形，以免一時不穩，從半空中跌下來，「那個該不會就是文獻記載的……」

所有暗夜族都知道，托耶庇里斯河的聖蛇是他們的守護者。

暗夜族自出生就擁有光靈與暗靈，隨著時間而成長，當暗夜族死去，成熟龐大的光靈與暗靈會一起外散出去。

是聖蛇將光靈和暗靈一併吞入消化，保護了他們的家鄉。

但聖蛇一代代輪替，消化速度減慢，暗靈增長的速度在不知不覺間超過了光靈。

光靈會消散，但暗靈會沉入大地，隨著歲月積累，最後爆發出來。

湧出地面，如同肆虐一切的漆黑浪潮。

另一名暗夜族忍不住喉頭滾動，發出了吞嚥聲，後頸寒毛無意識根根豎起。

眼前的魔物就是暗靈完成羽化，變成了……

「是螢火鬼獸！」加爾罕大吼一聲，「唰」地抽出自己的佩劍，鋒銳銀亮的劍身上倒映出他毅然的側臉，「亞格拉，立刻回去通知陛下！」

「萊爾和亞格拉一起回去！吉特、薩拉瑪去找其他小隊！」尼可拉斯即刻下了命令，「剩下的跟我一起——」

他深吸一口氣，背後幅翼霍然張開，身邊是族人跟著一同張開翅膀的聲音，兩端鋒利的翅尖泛著寒光，像是兩柄危險冰冷的凶器。

「攔下牠們！」

就算那是暗夜族的災難，也絕不能讓牠們——

越雷池一步！

✣✣✣✣

越是深入密林深處，從高空落下的陽光就越漸稀疏，密集的枝椏和頂端的樹冠把大多光線攔阻在外，只剩些許光斑墜落在不平的地面上。

下一秒就被一雙黑得發亮的長靴直接踩過。

斯利斐爾與紫羅蘭一前一後走在林中，尋找發光小菇的蹤跡。

「沒有……香菇！沒有……翠翠！」珊瑚趴在斯利斐爾頭上，扯著喉嚨亂嚎一通，「珊瑚我要不行了！」

「妳的音量超過在下忍受範圍的話，在下會把妳拎起來，讓妳一路只能被吊在半空中。」斯利斐爾神色冷淡，一句話成功扼止了珊瑚一路上的噪音污染。

珊瑚氣呼呼地鼓起腮幫子，整張小臉寫著大大的「不開心」。

「斯利斐爾你好討厭，你讓珊瑚大人不高興，翠翠會討厭你的。」

「那眞是太好了，在下非常樂意讓主人討厭，珊瑚妳可以繼續不高興下去。」斯利斐爾的語氣有著毫不隱藏的愉悅。

珊瑚更生氣了，腮幫子鼓得更大，像隻氣到極致的河豚。

「珊瑚要吃冰嗎？」紫羅蘭對那小小的掌心妖精有幾分欽佩，雖然他說不上斯利斐爾哪裡可怕，但海族的本能告訴他別貿然挑釁對方，而珊瑚卻敢和對方大聲叫囂。

雖然珊瑚最後還是屈服在斯利斐爾的威勢之下，但紫羅蘭已經覺得相當厲害了。

「不想。」珊瑚對吃沒有強烈的渴望，這或許是三名小精靈最相似的一點。她無聊地將兩根食指併起，指尖冒出紅色光點，轉眼凝成熾烈的火苗。

珊瑚看看上面，又看看下面，想把火炎子彈發射出去，一掃心裡積壓的怨氣，可最後她還是垮下肩膀，朝手指上的火苗一吹。

要是引起森林大火，珊瑚大人也是扛不起這責任的。

「我可以變出不同形狀的冰塊喔。」紫羅蘭宛如藝術品的手指在空中挽出漂亮的弧度，林中充沛的水氣瞬時凍出數顆冰塊。

紫羅蘭替冰塊做了加工，在他細緻地操控下，原本不規則的冰塊逐漸有了人形。

珊瑚本來心不在焉的，等她看見紫羅蘭雕出的居然是形似翡翠的冰塊小人，馬上雙眼興奮地發亮。

「太厲害了，我要我要！快把那個給珊瑚大人！」珊瑚迫不及待地伸出手，差點從斯利斐爾頭頂翻下來。

斯利斐爾像是隨時都在關注珊瑚，在那個巴掌大的人影即將跌落之際，及時地伸手扶住，然後把人拎下來。

他可不想讓珊瑚坐在他頭上啃冰塊，融化的水會弄濕他的頭髮。

珊瑚也不介意，她急切地抱住紫羅蘭遞來的冰塊小人，開心地舔了起來，像隻活力旺盛的小狗狗。

「你很好，珊瑚我看好你。」珊瑚邊舔冰塊邊大力誇讚，「我會在翠翠面前爲你說好話的！」

紫羅蘭笑得羞怯靦腆，心裡已經開始盤算要怎麼神不知鬼不覺地讓翡翠吃下含有自己部分的食物。

生龍蝦肉顯然一時半會是不可能讓翡翠吃下的，以免引起嚴重的過敏反應。不過頭髮啊，指甲啊……這些應該沒問題呢。

紫羅蘭微笑的時候，眉宇間像是與生俱來的憂愁也掃去大半，宛如空谷幽蘭盈盈綻放。

珊瑚抱著冰塊，沒多久就把小人的頭部舔光，濕答答的冰水不斷從冰塊表面流淌下來，她卻似乎一點也不在意。

對她來說，反正只要吃完再把自己弄乾就好了。

這很簡單的，只要操縱好火元素，就能簡單把水分全部蒸發掉。

珊瑚的雙腳隨著斯利斐爾的前進在空中一晃一晃的，她發現這樣也挺有趣，卻沒想到斯利斐爾冷不防煞住腳步，沒有心理準備的她一時失手，滑掉了還有下半身沒吃完的冰塊。

她的翠翠！

珊瑚才準備悲慟大叫，斯利斐爾就側頭看了她一眼，他豎起食指放在唇邊，紅銅色的眼睛給人無形的壓力。

珊瑚沒有被嚇到，反而敏銳地嗅到某種不對勁。

斯利斐爾這是要她保持安靜的意思。

通常這表示斯利斐爾希望能在安靜的環境下，好好聽清另一個聲音。

珊瑚確信這附近沒有任何聲音會比她的說話聲還重要，唯一比她重要的現在不在這裡，那麼就是……

珊瑚恍然大悟，當下就抓到重點了。

是翡翠！

翡翠和斯利斐爾正在進行聯繫。

她一直知道翡翠和斯利斐爾不用說話也能靠意識溝通，就是翡翠曾說過的心電感應，這項技能可是令他們三個都嫉妒得要命。

爲什麼就只有斯利斐爾可以有啊！

珊瑚將落地的冰塊小人拋到腦後，靈巧地一個翻跳，爬上了斯利斐爾的手臂，用最快速度奔至他的肩膀，急著想知道翡翠和斯利斐爾說了什麼。

紫羅蘭對一大一小的舉動面露疑惑，但也沒多問。注意到有其他人聲正往他們這方接近，他率先上前一步，周圍的水氣溫馴地環繞在他身邊，準備在第一時間爲他所用。

猛地發現這地方還有其他人，利劍冒險團也愣了一下。

前進方向安靜無聲，他們還以爲這裡沒有自己以外的人。

下一秒，身爲團長的哈維就認出斯利斐爾。

雖說那名紫髮的憂鬱美男子他沒見過，但既然一起行動，想必也是繁星冒險團的一分子吧。

「團長、團長。」布朗多個子最高，眼睛也利，一下就看見爬回斯利斐爾頭上的珊瑚，「是掌心妖精耶，在那個銀髮男的頭上！」

掌心妖精由於外形小巧精緻，格外討人喜歡，可說是大陸上最受歡迎的妖精族了。可惜族群人數不多，行蹤也隱密，比起一般妖精更爲罕見。

一聽布朗多這麼說，眾人目光齊刷刷地盯住了斯利斐爾頭頂。難得有機會，利劍冒險團恨不得能多看幾眼，徹底一飽眼福。

可也不知道怎麼回事，掌心妖精很可愛，銀髮男人看上去也沒太大的威脅性，偏偏他們就是沒辦法朝那方向直視太久，背後莫名會湧上一股發涼感。

利劍冒險團已在大陸上行走多年，從危險中磨練出來的直覺讓他們果斷收回視線，他們默默地將斯利斐爾移到不能隨意招惹的分類區中。

這個銀髮男人，似乎深不可測。

雙方都在執行委託中，利劍冒險團也不打算要和人多寒暄，他們點個頭當作招呼，與斯利斐爾等人擦身而過。

紫羅蘭平靜地抹消暗中凝聚的水氣。

斯利斐爾與翡翠的通訊正好結束，他摸摸躁動的珊瑚，將翡翠傳來的消息整理出幾個重點。

「暗靈暴動。」

「暗潮提前降臨，正往浮光密林方向過來。」

「暗靈很快就會成爲螢火鬼獸。」

「翠翠會有危險嗎？」珊瑚眞正在意的只有這一個問題。

在縹碧之塔那時，紫羅蘭就隱約察覺到，即使身處不同地方，斯利斐爾與翡翠之間也有特殊方法能夠聯繫，此刻也就不覺得奇怪。

「主人他們目前沒有危險，他要我們保護好自己，盡快回掠影村等他們，他們最後一定會回到村中與我們會合。」斯利斐爾轉述翡翠的意思。

「那暗靈又是什麼？」

「暗靈是某種黑暗物質，它們羽化後便化成螢火鬼獸，會攻擊所有碰到的生物。」

斯利斐爾簡潔說明，「牠們沒有智慧、意志，只會遵照本能行動。牠們的心臟是弱點，但胸前的皮膜看似薄，其實相當堅硬，建議用武器搭配火系或光系魔法，才能造成最大傷害值。」

斯利斐爾在說話時，利劍冒險團還沒走遠，自然捕捉到了他所說的部分內容。

他們不由得停下腳步，幾人相互對視，在彼此眼中看見驚疑。

暗靈、暗潮……

螢火鬼獸……

他們剛剛是聽見什麼了？

「團長，他是說真的嗎？」凱利壓低音量，眼中全是匪夷所思，「螢火鬼獸這種魔物，我還是頭一次聽見。」

利劍冒險團的正、副團長也是初次知道有這種魔物的存在。

布朗多半信半疑，「可是那個銀髮男，那個叫斯利斐爾的講得很詳細，如果他對那魔物不了解，應該沒辦法……」

「那他是怎麼知道的？」凱利犀利地提出最大疑點。

他們剛才走過來的時候，那名銀髮男人只是沉默地站在那不動，他又是如何得知那些消息？

眾人不約而同地望向哈維，等候團長的決定。

哈維心裡也存著諸多疑惑，可思及斯利斐爾的特異之處，他下意識還是相信了對方所說。

「先打聽看看。」哈維說，「要是那些螢火鬼獸眞的正往這邊衝過來，那我們也得做好準備，免得被打得措手不及。」

不待利劍冒險團折返想問得清楚一點，尖銳的鳴笛聲驟然間響遍森林，驚動了林間棲停的鳥類，急促的振翅聲跟著在各處響起。

「團長！」凱利被嚇了一跳，手裡緊握住自己的武器，反射性看向哈維。

哈維的一顆心往下沉，直覺告訴他這絕對不是什麼好事。

事實證明他猜對了。

緊接在鳴笛之後的，是一道高雅冷淡的女性聲音。

「吾之名爲席維若拉・暗夜・伯特蘭，是暗夜族現任女王。南大陸的冒險獵人們，我請求你們的協助。」

「那個女王在哪裡？我沒看到人啊！」珊瑚忙不迭地東張西望。

「她不在這裡，這只是利用風系魔法擴散的傳音。」斯利斐爾說道。

暗夜族女王的聲音持續迴響，覆蓋整座浮光密林，不論是獨自行動或是成群結隊的冒險獵人都不禁停下動作。

有人下意識尋找聲音來源。

有人和同伴低聲討論。

「怎麼回事？真的是暗夜族女王嗎？」晨光冒險團的人半信半疑。

「發生什麼事了？」疾風之隼冒險團心中一緊，直覺要出大事。

「艾曼達。」冬狼冒險團的葛萊特意味深長地看向自己的手下，「換妳上場了。」

短髮女人咧咧嘴，高挑健美的身軀轉瞬成了一隻灰翎小鳥，一下消失在葛萊特他們的視野之內。

「托耶庇里斯河的邊界正出現大量螢火鬼獸，並朝東方前進，牠們會攻擊一切具有生命力的存在，倘若願意助我族一臂之力者，事後將贈予豐厚的報酬。想要離開浮光密林之人，我族也不會有任何阻攔。但如果想趁亂打劫，那麼——」

席維若拉高雅的聲音滲入凜然威嚴。

「我族必追究到底，絕不放過！」

彷彿要印證她的話語，最末一字甫落下，強勁的狂風震動了林葉，引得整座巨林沙沙作響。

待風聲平息，所有冒險獵人再也無法平靜下來。

利劍冒險團幾乎是用驚悚的眼光看向斯利斐爾。他說的那些竟然都是眞的，所以他到底是怎麼事先掌握到情報的？

哈維頓時加強了要與繁星冒險團打好關係的念頭，他迅速朝團員們使了記眼色。眾人會意，果斷選擇朝斯利斐爾他們的方向走去。

就在這時，弓手布朗多驀地一轉頭，來不及解釋，一個箭步竄向了其中一棵大樹，幾個跳躍便登於高處。

布朗多往遠處一望，倒吸口氣。

一隻、兩隻、三隻……令人想到畸形蝙蝠的巨大闃黑魔物正往他們靠近，螢光色的心臟像鬼火在牠們胸口處的皮膚底下發亮。

「螢火鬼獸來了！」布朗多發出警告，「有三隻，三分鐘內就會和我們……」

布朗多倏地沒了聲音，他眼力極好，這也是常令他自豪的一點，而此時此刻，他清晰地捕捉到了更遠的畫面。

更多的黑色身影，更多的漆黑魔物。

匯聚起來簡直像一道漫淹過來的浪潮。

在布朗多的示警下，利劍冒險團不假思索地拔出武器，「全體備戰！」

「斯利斐爾，你們趕緊回村裡，掌心妖精還那麼小，別讓她被嚇到了。」對哈維他們來說，孩童的安危一向被列爲優先事項。

「妳要回村？或是……」斯利斐爾將選擇權交付到珊瑚手上。

珊瑚的桃紅色眼睛亮起，像不滅的灼灼星火，她朝拳頭呵了一口氣，緋紅火焰瞬間包裹其上。

「珊瑚大人要把牠們揍扁扁！」她咧開笑容，像是凶狠的小豹子，「讓牠們永遠沒有機會欺負翠翠！」

✣✣✣

白日的掠影村一向寂靜。

冒險獵人早就外出尋找發光小菇，村內的暗夜族則是陷入沉睡，昨夜的熱鬧和喧囂也跟著一併散逸。

蘿麗塔一早就跑來掠影村找漢娜玩。

相較於自己習慣白天睡覺的族人，蘿麗塔精神異常地好，一雙眼睛亮晶晶地看著漢娜向自己展示的小蘑菇手鍊。

這條手鍊對一般人來說，剛好能戴在手腕上。但換作個子嬌小迷你的蘿麗塔，便顯得過於寬鬆，無法好好地掛住。

漢娜也意會到這個問題，她垮下臉，隨即又靈光一閃。

「戴脖子上就好了！」漢娜把自己用多個小蘑菇串起的手鍊當成項鍊，替蘿麗塔繫在頸間。

蘿麗塔低頭摸摸垂在胸前的項鍊。

「蘿麗塔，妳今天能不能留下來？我們可以一起睡覺。」漢娜趁機提出要求，這是葛萊特特別吩咐一定要做到的，「而且我叔叔他們也想認識認識妳呢。」

「佩琪和伊迪亞也可以一起嗎？」蘿麗塔認眞地問道。

「可是這樣……很奇怪啊。」漢娜小小聲地說，「沒有人去朋友家，還帶著護衛去的，而且我晚上想跟妳睡一起，我們能說悄悄話。」

「我們現在就在說悄悄話啊。」蘿麗塔湊近，用氣聲說話，「爲什麼要晚上才能說？」

「妳不懂，好朋友才這樣做的。」漢娜也有些不開心了，「我和妳是朋友，和妳的護衛又不是。爲什麼要帶他們過來？他們比我……」

漢娜本來想質問他們有比自己這個好朋友重要嗎，蘿麗塔卻霍地站起來，連帶也打斷了漢娜的話。

蘿麗塔感覺到一股奇異的寒意爬過後頸，令她寒毛直豎，她反射性轉頭尋找，但什麼也沒發現到。

在她沒意識到的時候，銀白色從她的瞳孔中心溢出，染覆了整雙眼睛，轉眼又恢復正常。

甚至連她身邊的漢娜都沒注意到這轉瞬即逝的異樣。

蘿麗塔還太小了，對許多事仍不了解，她不知道這是暗夜族王室對暗潮現世的感知。

她困惑地摸摸自己的後頸，剛要把這當成一時的錯覺，又尖又長的鳴笛聲猛地劃破村中的安靜。

那聲音像要撕裂今日的平和恬淡。

「發生什麼事了?爲什麼會有這個聲音?」漢娜像隻受驚的小動物，想也不想地抱起蘿麗塔，將她緊緊摟在懷裡，彷彿這樣的舉動能爲自己帶來安全感。

蘿麗塔聽見無數窸窣響動，本該在睡夢中的暗夜族被驚醒了，他們紛紛以最快速度跑出屋外。

漢娜還是第一次見到那麼多暗夜族，他們蒼白冰冷的膚色和無表情的面龐讓她非常害怕。

暗夜族的出現和消失都在剎那之間。

當警報乍然響起，他們就已明白自己身負的職責。一隊毫無猶豫地化爲漆黑蝙蝠，有如一片烏雲衝進了蒼鬱的森林深處，另一隊則負責帶著幼童前往安全之地。

冷淡高雅的女聲緊接在警報聲之後響起。

「吾之名爲席維若拉．暗夜．伯特蘭，是暗夜族現任女王。南大陸的冒險獵人們，我請求你們的協助。」

「是母親大人的聲音！」蘿麗塔忍不住轉頭看向宮殿所在方向。

「托耶庇里斯河的邊界正出現大量螢火鬼獸，並朝東方前進，牠們會攻擊一切具有生命力的存在。倘若願意助我族一臂之力者，事後將贈予豐厚的報酬。想要離開浮光密林之人，我族也不會有任何阻攔。但如果想趁亂打劫，那麼——我族必追究到底，絕不放過！」

「螢、螢火鬼獸是什麼？」漢娜眼露驚悸，「我叔叔他們會不會有危險？我們待在這裡會不會……」

「殿下！」一直以蝙蝠姿態隱身在樹梢的伊迪亞變回人形，眨眼便出現在蘿麗塔和漢娜的視線內。

漢娜發白的臉驟然漲紅，她忘記蘿麗塔的近衛會守在旁邊，那她剛剛說的話豈不是都被聽見了？

「殿下，爲了安全起見，我這就帶妳回去宮殿。」伊迪亞沒有多分心思給漢娜，他自是不會和小孩計較，他溫和又不失強硬地將蘿麗塔從漢娜懷中接過。

「還有漢娜！」蘿麗塔連忙揪住漢娜的衣角，「不能丟下她。」

「還有我叔叔他們！」漢娜驚慌地喊，小臉煞白，深怕自家親人會遭遇不測，「他們在哪裡？你們也去救他們，你們會去救他們的對不對！」

「伊迪亞！」佩琪匆匆趕來，她原本正在安全區附近巡視，一聽見警報便急忙返回掠影村，心繫蘿麗塔的安危。

見佩琪到來，伊迪亞鬆了口氣，立即把蘿麗塔再交付給她，「佩琪，殿下就交給妳了。」

「我明白。」佩琪點點頭，目送伊迪亞化爲蝙蝠離去後，把漢娜也抱起來。

漢娜被她突來的動作嚇住，眼眶含淚，一時也忘記要吵著人去帶回自己的親人。

「漢娜不怕，我們回宮裡待著，那邊很安全的。」蘿麗塔出聲安慰，她年紀雖小，但對於警報響起後的一套流程相當有經驗。

即使暗潮是每兩百年才爆發一次，暗夜族仍是會定期安排各種訓練，爲的就是讓眾人在眞正事發時懂得如何應對。

佩琪張開自己的漆黑蝠翼，帶著兩名孩子迅速前往宮殿。

一隻不起眼的灰翎小鳥原本是向著掠影村飛去，一發現漢娜她們的行蹤，即刻改了方向，尾隨在她們的後方。

心力全放在蘿麗塔和林中動靜的佩琪壓根沒留意到，她拿出全力高速飛行，務必爭取在最短時間內抵達座落在浮光密林深處的宮殿。

守衛隊已聚集在宮殿外，空地處堆滿一袋又一袋至今以來收集到的發光小菇。披著深紫長袍的長老們也佇立在階梯平台上，等候女王出面發布指令。

「大長老！」佩琪一靠近便引起注意，她輕巧落地，朝個頭最矮的紫袍長老打了聲招呼。

「妳趕緊帶殿下進去吧。」大長老也向她點點頭，視線在漢娜臉上停留一會，「這孩子是……」

「是我的朋友。」蘿麗塔拍拍佩琪的手臂，想叫她把自己放下。佩琪的手臂沒有一絲鬆動，還沒進到宮內，公主還是由她抱著最爲安全，「她的家人是來我們這裡做委託的冒險團。」

「原來如此。」大長老頷首，沒有再多問。

漢娜經歷剛才的疾速飛行，仍處於驚魂未定的狀態，如今猛一見到那麼多冰冷蒼白的暗夜族，更是讓她瑟縮顫抖，活像飽受驚嚇的小動物。

殿門內忽地傳來一陣響動。

佩琪抬頭一看，連忙往旁後退。

高挑纖細的紫髮女人披上戰甲，淡漠的臉孔比以往多出一分凜冽，身後的親兵步伐整齊劃一，神情堅毅。

所有人一見到席維若拉，紛紛低頭行禮。

「母親大人！」蘿麗塔小小聲地喊。

席維若拉看了自己女兒一眼，眸裡的溫和轉瞬即逝，她向佩琪一抬手，示意佩琪把兩名孩子帶入宮內。

蘿麗塔想要扭過頭，可過於嬌小的身子就算回頭也看不到後方情況，她只能聽見自己的母親淡然地一聲令下。

「出發！」

佩琪的腳步沒有停下，她是公主近衛，職責是守護公主的安全。

就算沒有親眼目睹外面景象，她也能在腦中描繪出來，就和以往的演習一樣。

守衛隊會留下部分人手，負責警戒宮殿周圍；一部分則將發光小菇運送到彩虹河，將所有蘊含光靈的菇類倒入河裡，盡可能讓聖蛇壯大；其餘人則是阻擋螢火鬼獸，絕不能讓牠們突破防線。

「沒事的……」佩琪喃喃自語，不確定是在安慰蘿麗塔或是安慰自己。

他們隨時都在爲抵禦暗潮做準備，只是沒有想過這一天會提早到來。

灰翎小鳥棲停在樹梢上，靜靜地觀察下方動態，直到瞧見所有人散去，她才拍拍翅膀飛入。

佩琪將蘿麗塔和漢娜安置好，轉身便加入協助的行列，宮裡還有其他趕來避難的老弱婦孺須要照料。

「蘿麗塔，到底發生什麼事了？」漢娜待在蘿麗塔房內，這個華麗的空間讓她有些不知所措。她看看柔軟的大床和貼著金銀飾邊的椅子，不管是哪一邊，她都不敢擅自坐下，怕弄髒了這些精緻無比的家具。

到這時候，漢娜才生起一股深刻感受——蘿麗塔眞的是一名公主。

「有不好的東西出現了，母親大人他們要去處理……」蘿麗塔揉揉眼睛，忍不住一個呵欠跑出來，「我們要乖乖的，不能亂跑……」

緊接著又是第二個呵欠。

蘿麗塔皺皺小臉，感覺一絲倦意襲上。照以往經驗來判斷，睡意只會越來越濃烈，直到她撐不住跌入夢鄉裡。

是睡眠期又來造訪了。

「笨，不會挑時間。」蘿麗塔敲敲自己的腦袋，有些氣餒。她想清醒等候眾人歸來，然而睡眠期這東西根本不是她有辦法控制的。

蘿麗塔將席維若拉的教誨記得很清楚，如果碰上非常狀況，一旦發現自己的睡眠期即將來臨，一定得待在近衛身邊。

「漢娜、漢娜。」蘿麗塔滑下椅榻，向漢娜張開雙手，「我快睡著了，帶我去找佩琪，我要去佩琪那邊。」

「妳到床上睡不就好了？」漢娜不解地問。

「不行，得去找佩琪。快點，要去找佩琪才行！」蘿麗塔急得跺腳，漂亮的銀眼睛浮上焦慮。

漢娜卻覺得蘿麗塔是在無理取鬧，明明房裡就有床了，爲什麼非得去找那名紅頭髮的女近衛？

假如她眞的抱著蘿麗塔過去，那個叫佩琪的人一定會狠狠罵她一頓吧。

想到佩琪的冷漠，漢娜心生畏怯。她不想無故挨罵，就算解釋是蘿麗塔讓她來的，也肯定會被認爲是她在唆使。

「不行了，我要睡著了……」蘿麗塔的眼皮控制不住地往下掉，她揪住漢娜的褲管，身子開始往前傾，「漢娜拜託了……帶我去找……」

稚嫩的說話聲消失在房間裡。

外形如同洋娃娃的小女孩靠在漢娜腿上沉沉睡去，還能聽見她發出小小的呼嚕聲。

「蘿麗塔？」漢娜驚訝地把人抱起，「妳……真的睡著了？」

睡著的人自然不會回應她的問題。

漢娜抱著蘿麗塔，乍然間不知該如何是好。她聽得出蘿麗塔語氣中的急迫，但她又不想主動去找佩琪。

正當她要把蘿麗塔放至床鋪上，窗邊忽然傳來篤篤聲響，她反射性轉過頭，看見玻璃窗外有隻灰色小鳥撲騰著翅膀，不時用尖喙敲上玻璃。

漢娜一愣，隨即巨大的驚喜在心口綻放，「艾曼達！」

她知道艾曼達是名獸人，也曾見過對方變回原形，就和窗外的灰鳥一模一樣，這一定是艾曼達沒錯。

漢娜迫不及待地上前開窗，讓小鳥飛進房內。

下一秒，灰翎小鳥消失，取而代之是一名高挑健美的女人站立原地。

「艾曼達。」漢娜開心地跑向前，「叔叔呢？叔叔他現在怎樣了？我好擔心。」

「老大當然沒事。」艾曼達一眼掃過雙眼緊閉的蘿麗塔，嘴角勾起滿意的弧度，「妳把她打暈了？」

「我沒有！」漢娜不敢置信地瞪圓眼，「我才不會對朋友做這種事！蘿麗塔是自己睡著了，她突然就睡過去，還睡得很沉。」

「喔？是嗎？」艾曼達不在乎真相是哪個，她只看結果，「走吧，老大還在等我們，我們得趕緊把事情辦完。」

「我先把蘿麗塔放回……」漢娜才剛跑出兩步，就被艾曼達一把扯回。

「漢娜，妳忘記老大對妳說過什麼了嗎？他不是要妳把這個小公主帶給我們看？」艾曼達隨時都在留意外頭動靜，她臉上帶著笑，扣著漢娜手腕的手指卻是用了十足十的力道。

「可、可是……」漢娜囁嚅地說，視線飄移。

她直覺這樣做不太好。

但，她只是把蘿麗塔帶走一下下，一下下而已……她只是帶最好的朋友去見叔叔。

「別擔心，只是讓我們大夥認識認識一下暗夜族的公主，然後再拜託她替我們做點小事，我們不會傷害妳的朋友。」艾曼達似乎看穿漢娜眼中的猶豫，暗中再推一把，「妳不想幫上老大的忙嗎？」

漢娜猛地抬起頭，她一直害怕哪天會被唯一的親人拋下。萬一叔叔不要她了，那她怎麼辦？她會沒地方可去。

艾曼達對她露出和善的笑容，「有用的孩子就不用擔心會被丟下了。」

「蘿麗塔不會有事的……對不對？」漢娜小小聲地問。

「當然，我保證。」艾曼達推開對外的窗戶，一腳跨出去，背後伸展開灰沉沉的一對翅膀，「我們動作快點，很快就會再把這位小公主送回來。」

漢娜低頭看了一眼陷入沉睡的蘿麗塔，小臉閃過一絲躊躇，隨後又轉爲堅定。

艾曼達保證過了，蘿麗塔一定會很安全，他們絕對不會傷害她的朋友的。

而且她聽叔叔的話，叔叔一定會很高興。

漢娜抱緊蘿麗塔，主動朝艾曼達走去。後者勾起嘴角，俐落地圈住她的腰，灰翼一振，挾抱著她飛離了宮殿。

偌大的公主寢室空無一人，只有幾根淺灰羽毛緩緩飄下，最後落至地板上。

第10章

蔚藍的天色隨著時間流逝而染上傍晚的霞光，從交錯的枝葉間隙往上看，還能窺見紫橙色的霞雲一角。那過於艷麗的色彩反倒讓人下意識心生不安，彷彿這是風雨欲來的徵兆。

昏黃包圍了浮光密林。

一條敏捷的碧色人影在林中飛快奔跑，他的速度太快，幾乎腳未觸地，乍看下就像是飛躍在地面上。

翡翠跑得極快，耳邊是颱過的颯颯風聲，眼前是深深淺淺、一晃而過的蒼碧之色。

他抽空喘了幾口氣，又飛快調整好呼吸，期間還不忘低頭查看瑪瑙和珍珠的狀況。

瑪瑙牢牢抓住他的口袋邊緣，一雙眼睛是滿滿的信賴之光。

珍珠原本想待在他的肩膀上，但被他嚴正否決。他擔心要是人半途掉下去，他可能不會發現，這樣實在太危險了。

最後在折衷之下，珍珠還是待在背包裡，但袋蓋是掀開的，讓她能攀在包包邊側，隨時掌握周遭動靜。

珍珠不想讓彩虹河上發生過的事再次重演。重要的人，得放在視野內才能安心。

翡翠正在跑回彩虹河的路途上。

成功向席維若拉傳達暗潮爆發及前任女王的消息後，他沒有就此抽身不管，而是選擇返回彩虹河畔。

雖說他最初願意幫忙是爲了給小精靈們樹立個榜樣，但既然都插手了，如果沒有從中獲得什麼回報，翡翠覺得這樣可不符合他的性格。

沒錯，榜樣要立，好處也得拿到手！

翡翠舔舔嘴唇，腳下速度沒有絲毫遲滯。即使世界意志還未發布進一步提示，但總歸是跟彩虹河或彩虹蛇脫離不了關係。

「瑪瑙、珍珠，如果有哪邊不舒服，一定要記得告訴我，聽見了沒有？」翡翠千叮嚀萬交代，心裡還是有些擔心這一路的奔波會不會影響到小精靈。

翡翠已不只一次這麼說了，可無論他說過多少次，瑪瑙和珍珠都會乖巧應好。

「斯利斐爾，你們那邊情況如何？」翡翠在腦中問著遠在另一方的同伴，「你們回到村裡了嗎？」

斯利斐爾無論何時都顯得淡然的聲音響起，「珊瑚打得相當愉快。」

翡翠登時領悟，斯利斐爾他們根本沒回村，而是選擇和螢火鬼獸直接對上了。

「哈哈。」想起珊瑚的暴烈脾氣，翡翠眼裡閃過笑意，「幫我看好她，別讓她燒了森林，我們可沒錢賠償了。紫羅蘭呢？」

「您的未來儲備糧也很好。」斯利斐爾說。

「確保他一定要繼續活跳跳的。」想到彼此也是命運共同體的關係，翡翠想了想，還是意思意思地補充一句，「你自己也注意一點，別出事。」

斯利斐爾沉默片刻，之後響起的嗓音注入了一絲疑惑，「您被砸到頭了？」

「你才被砸到頭，當我剛什麼都沒說。」翡翠瞬間收回關心之意，要是斯利斐爾在他面前，他一定要賞給對方一枚大大的白眼。

前方突然闖進耳中的聲響讓翡翠神情一凜，立刻抽出雙生杖，且轉換成長槍型態。

下一刹那，數道闃黑影子從樹叢中竄了出來。

牠們像是畸形的巨大蝙蝠，體型約有成人高，趾爪呈鋒利鉤狀，身軀表面覆著短而細的黑色毛髮，皮毛花紋隨時在游動，背後張著一對有如萎縮了的蝙蝠翅膀。

而在那些大蝙蝠的胸口處，跳動的幽藍心臟像是游弋在夜間的鬼火。

「斯利斐爾。」翡翠用舌尖抵了抵上顎，「螢火鬼獸是不是長得像隻醜蝙蝠？」

「您也碰上了嗎？那麼，請直攻牠的心臟，胸口發亮的部位就是。」

「了解，晚點聯……」

翡翠沒來得及把最後一字傳出去，螢火鬼獸猝然直撲而來。

牠們沒有任何思考意志，只想把面前充滿生機的存在撕爛扯爛嚼爛。

螢火鬼獸發出咆哮，尖細銳利，混在風中像是嬰兒啼哭，聽起來淒厲又駭人。

翡翠注意到像是嬰兒號哭的聲音不只出現在自己這邊，不遠處也有人罵罵咧咧的，看樣子有另一撥人馬正與螢火鬼獸對抗。

「抓好！」翡翠嚴厲地吩咐瑪瑙和珍珠，他緊握長槍，迅雷不及掩耳地掠出，一槍直捅向一個螢火鬼獸的心口。

槍尖只扎進短短幾寸，就再也無法挺進。

翡翠沒想到那層看似半透明的皮膚居然異常堅硬，他抽回長槍，躲過朝自己抓來的利爪。

翡翠靈活閃避，卻又不讓自己與對方拉開太大距離，以免牠們半途放棄自己這個獵物，改向掠影村進攻。

顯然這些螢火鬼獸對他興趣極大，牠們緊緊追著，不知不覺被帶離原先地帶。

翡翠也看見其他的螢火鬼獸，數人與牠們纏鬥著，劍刃撞擊，發出刺耳的鏗鏘聲。

這還只是進入他視野的部分。

視野之外，翡翠能聽到更遠處傳來的激烈聲響，吶喊聲、尖銳咆哮聲、撞擊聲、枝葉啪嚓斷落聲。

無數吵雜聲音交匯一起，像首紊亂的樂章。

「哥，你看那是不是……」約翰冒險團的雷恩狼狽地在地上翻滾一圈，一抬頭就瞧見有著驚人美貌的綠髮妖精。對方的容貌太過搶眼，在掠影村已不只一次聽人提起。

那是來自塔爾的繁星冒險團團長。

萊恩無暇分神，螢火鬼獸幾乎要把嘴湊到了他面前，一支飛來的箭矢及時解救他的困境。

萊恩趁隙往螢火鬼獸粗暴一踹，拉開彼此距離，再重新舉劍衝出。他加重手上勁道，發出粗豪的吼聲，雙臂迸現一條條青筋，猛力將劍尖送入螢火鬼獸胸口，刺穿了那顆螢光色的心臟。

將沾滿螢光液體的大劍拔出，萊恩一轉頭，頓時也發現弟弟說的那個人。

「繁星冒險團的……」萊恩下意識喊了一聲，「翡翠！」

聽見聲音的翡翠反射性扭過頭，目光與約翰冒險團對上，同時也和他們那邊的螢火鬼獸對個正著。

原本攻擊約翰冒險團的螢火鬼獸就像嗅到血腥味的鯊魚，有幾隻驟然轉了方向，二話不說地將翡翠選定爲最新目標。

翡翠見狀不禁低罵一聲，他自己這邊還有好幾隻，再來一批是嫌他之前太輕鬆嗎？

萊恩也沒想到他那麼一喊，反把他們這的魔物送到翡翠那去，連忙叫上自己的隊員上前支援。

這下子，不混戰也不行了。

面對大批螢火鬼獸的圍擊，翡翠身手疾如閃電，他遊走在螢火鬼獸之間，長槍隨時出奇不意對準牠們的心臟扎下，一次不夠就再一次，每次都精準對上最初的位置。

堅硬的皮膜遭到接連刺擊，再也不堪負荷，在一次次突刺中終於被長槍成功穿透。失去保護的心臟當場破裂。

隨著槍身抽出帶出一蓬艷麗的藍色血花，螢火鬼獸的血液灑落至樹根上，螢光色的液體看起來萬分不祥。

瑪瑙專心致志地使用力量，只要翡翠一有傷口，他馬上讓自己的光點快速拂過，溫和的白光轉眼讓裂開的皮膚重新癒合。

珍珠見縫插針，爲翡翠扔出盾牌般的屏障，擋下旁邊想要偷襲的魔物，減少增加傷口的機會。

下一剎那，眾多飛箭由上方落下，全都朝著螢火鬼獸而去。

樹梢間不知何時蹲踞著數條人影，蒼白膚色與垂攏在背後的蝠翼說明了對方暗夜族的身分。

幾名暗夜族手持長弓，箭尖閃爍著奇異的青色，下一瞬利箭再次射出，特殊礦石打造的箭鏃刺穿了螢火鬼獸的皮膚，逼得螢火鬼獸往後退去。

獲得緩衝空間的翡翠抓緊機會，一個閃身，闖過了螢火鬼獸組成的戰線。

有幾隻窮追不捨地跟上去，更多的則被暗夜族及冒險獵人拖住，當即纏鬥在一塊。

✣✣✣

「動作快！」

金髮藍眼的暗夜族高聲大喊，催促著同伴動作。

伊迪亞和多名族人抓著沉甸甸的大袋子在密林間飛行，他們速度極快，同時也不忘留意袋子是否擦刮到樹枝，以免袋中物品掉落。

不同於其他負責對抗螢火鬼獸的暗夜族，伊迪亞他們這一隊負責運送發光小菇。

他們的任務目標只有一個，務必在最短時間內，將至今所採收到的發光小菇都倒入彩虹河，也就是托耶庇里斯河。

暗靈提早爆發，聖蛇還未吸收足夠光靈，眼下只能靠發光小菇來彌補這份不足。

爲了盡快找到彩虹蛇，伊迪亞幾人接近河邊後便迅速分散，前往不同河流區域傾倒發光小菇。

如果有誰發現彩虹蛇的身影，就立刻通知眾人集合。

爲此他們已往來多趟，縱使見到螢火鬼獸也只能咬牙飛過，以手上任務優先。

高速且不間斷的飛行讓伊迪亞背後布料被汗水淌濕，他喘口氣，從高處往下看，能瞧見女王率領親兵和螢火鬼獸對抗。

螢火鬼獸會追尋強烈的生命力，聚集老弱婦孺的宮殿將會是牠們的最終目的地。

伊迪亞強行按下想支援的心思，翅膀再猛力拍動，直直衝向綠海般的森林深處。

同時間，浮光密林裡處處都能聽到尖銳細長的嬰兒啼哭聲，這對聽力格外敏銳的精靈來說，無疑是種折磨。

陸續解決追來的螢火鬼獸，翡翠抹了抹沾到的血污，只希望那些沾上的螢光色不要讓自己的臉變成一張可笑的大花臉。

翡翠帶著瑪瑙與珍珠順利返回和歌薇雅分開之地，雖早已做好心理準備，可當他目睹彩虹河中此刻的景象後，一口氣還是忍不住提起。

殘陽似血，大河的平緩流速像永遠不會改變，可蒼藍如寶石的河面如今卻被眾多漆黑球體佔據。

對面河岸上則被朦朧的虹彩霧氣籠著，看不清霧氣後的狀況。

而虹色霧氣的源頭正來自於彩虹蛇。

彩虹蛇在河中與尚未羽化的暗靈纏鬥成一團，鱗片泛著七彩流光的蛇身激烈翻滾，掀起一陣陣猛烈水花。

那顆碩重的腦袋一下埋入水中，像在貪婪地吞嚥著什麼，一下仰高，從嘴裡噴吐出大股大股的霧氣。

虹色霧氣全數往對面陸地飄去，重重疊疊地覆上一層又一層，將試圖越過大河前進浮光密林中心的暗靈暫時攔截住。

但不時依舊有暗靈成功鑽出，它們如同蠕動的蟲子，拚命地想前往生機旺盛之地。

彩虹蛇凶暴地撕咬獵物，或是用自己粗長的身軀將之絞殺，或是以蛇尾重重抽打，試圖阻止那些暗靈向河岸接近。

然而暗靈數量太多了，光憑一蛇，根本無法力挽狂瀾。

登上岸的暗靈瞬間便察覺到生命跡象，它們一部分前進林中，一部分轉而逼向翡翠他們。

原先外觀像闃黑球體的暗靈迅速羽化完成，成爲一隻隻肖似畸形蝙蝠的黑色魔物，螢藍色的心臟在皮膜下散發詭異光澤。

翡翠就算心繫對面狀況，卻也被逼得抽不開身，長槍隨他意念幻化成兩柄長刀，刀鋒似矯龍遊走，與擁上的暗靈展開戰鬥。

很快地，翡翠發現到河裡除了一團團的暗靈外，還混雜著一朵朵白色物體。

它們從上游方向飄下，在水中載浮載沉，只要一流近彩虹蛇，大蛇就會猛地扭頭張嘴，將它們大口吞下肚。

隨著彩虹蛇不停吞食，它的體型也以肉眼可見的速度壯大，就連口中噴出的虹彩霧氣都變得更加磅礴。

不等翡翠上前確認那些白色物體的眞面目，一道黑影倏然自林中掠出，他的目標直指彩虹河，卻在瞥見翡翠時下意識停住了動作。

「翡翠？」伊迪亞沒想到會在這碰見熟人，接著他看見河中那條與暗靈扭打的斑斕身影，這讓他心頭湧上欣喜。

找到聖蛇了！

伊迪亞來到水面上，將袋內物品全部往下傾倒，大量發光小菇像一陣驟雨落下。

彩虹蛇一口就將它們全部吞了，蛇身頓時又再增大。

伊迪亞取出哨子，吹出高亢的哨音，通知族人趕緊前來此處，直接將發光小菇餵給他們的聖蛇。

短短時間內，更多暗夜族趕來，他們倒下最後一批發光小菇，一確定袋子清空，轉身就投入和螢火鬼獸的廝殺中。

「伊迪亞，帶我過去對面！」翡翠敏捷躍起，將數隻螢火鬼獸的腦袋當成踏板踩過，健步如飛地奔向那名金髮藍眼的高大劍士。

伊迪亞持劍擋下螢火鬼獸的攻擊，藉著同伴的援助，順利從螢火鬼獸的包圍中脫身。深黑的蝠翼重新在背部展開，他快速飛起，長臂朝翡翠方向探出。

翡翠往上一跳，牢牢抓住了伊迪亞的手。

伊迪亞抓著翡翠飛過彩虹河，一頭撞入了氤氳的虹色霧氣當中。

隨著他們穿越霧氣，驚人的畫面在他們面前豁然展開。

紫髮女王張著碩大無比的金色蝠翼飄浮在半空，身下是一片被清出的空地。樹椿遍立，地面盤踞著眾多黑色物質，它們就像一顆顆覆著詭異花紋的漆黑球體。

由金粉構成的結界像是一張大網，將從地底擁出的暗靈暫時死死壓制住。來不及被金網網住的少量暗靈則是受困在霧氣之前，直到撞破霧氣的攔阻。

「陛下？」伊迪亞以爲自己眼花，分明不久前他才在別處見到暗夜族女王，對方是何時又移轉到此地的？

似乎聽見伊迪亞的喊聲，空中人影忽地回過頭，露出清晰的半張側臉。

同樣紫髮銀瞳，然而面容太過稚氣，與冷淡高傲的席維若拉截然不同。

伊迪亞瞳孔收縮，關於那張容貌的記憶從腦海中跳了出來。

那是他曾見過的……歌薇雅女王！

「為、為什麼歌薇雅陛下會在……」過度震驚讓伊迪亞說話不由自主地結巴，「她不是……」

「她快撐不住了。」澄亮的少年聲音無預警出現。

映入眼裡的半透明人影讓伊迪亞心頭震顫，差點被嚇得鬆了雙手。

這微小的動作被瑪瑙和珍珠捕捉到。

瑪瑙不悅地哂了一聲，低頭看看自己的小短手，有些懊惱這雙手的力氣可能連打哭伊迪亞都辦不到。

珍珠冷淡地瞥了伊迪亞一眼，探出身子拍拍翡翠的腰，「翠翠下來，我接著你。」

珍珠豎起手指，繞出一個圈，光點溫馴地在翡翠腳下擴散，張出一面屏障，穩穩地撐住了他的重量。

翡翠覺得伊迪亞還有很多事要驚訝，毫不猶豫地採納了珍珠的意見，他可不想半路被人扔下去。

如同呼應縹碧的警告，空中的歌薇雅突然身形不穩，下一剎那背上金翼消失，整個人竟是失去了平衡，像斷線的風箏從高空急速墜下。

「歌薇雅陛下！」伊迪亞大驚失色，全速朝歌薇雅墜落的方向衝過去。

「縹碧！」翡翠連忙也大喊一聲。

「你到底把我當什麼了？我可是至高傑作，不是萬能保母。」縹碧的抱怨還徘徊在翡翠耳邊，人卻已消失無蹤。

疾風颳過伊迪亞的臉，他恨不得自己的速度能再提快，卻終究離歌薇雅還有數臂之遙。

眼看歌薇雅就要墜落至地面上，千鈞一髮之際，蒙著紅布條的白袍少年平空出現，及時接住了那具下墜的身軀。

伊迪亞提至喉頭的一顆心重重落下，背後不知不覺又滲冒出一層冷汗。

縹碧抱著歌薇雅緩緩落地。

見狀，翡翠也從半空跳下，長刀俐落地刺向那些還沒羽化的暗靈，爲自己這方先清出清淨的空間。

伊迪亞回過神，連忙俯衝下去加入。

相較於外皮堅韌的螢火鬼獸，尚是黑球型態的暗靈顯然脆弱了許多，沒花多久就被斬於利刃之下。

「如果我們趁暗靈還沒變成螢火鬼獸之前，先把它們一口氣解決呢？」翡翠打量那些被金網束縛住的暗靈。

「沒那麼簡單……」虛弱的輕笑響起，歌薇雅剛要站直身體，雙腿突然乏力一軟。

「歌薇雅陛下！」伊迪亞這次成功趕上，眼明手快地撐扶住他們的前任女王，讓她能好好地坐下來。

「我沒想到你還會回來，翡翠。」歌薇雅也不逞強，直接依靠著伊迪亞，她的銀眸失去光澤，如同混濁的兩顆玻璃珠，「另一個小子，你是蘿麗塔的近衛吧，那蠢丫頭恐怕沒少讓大家頭疼。」

「不，殿下很乖巧。」伊迪亞雖說不清楚歌薇雅是如何得知這些事，但仍是恭恭敬敬地回答。

「不能先解決暗靈是因爲……」歌薇雅抬起手，指尖遙指自己拚盡力量製造出的結界，光網的顏色已比先前黯淡許多，從耀眼的金黃褪成讓人覺得虛弱的淡黃，「它們即將成爲螢火鬼獸了，它們的心臟已經出現。」

正如歌薇雅所說，被困在結界內的濃黑球體上已能窺見閃爍的螢光。

「剛剛你們殺的那幾隻只是運氣好，羽化慢。」歌薇雅手臂霍地垮下，像是筋疲力盡，「心臟一出現，普通攻擊對它們產生不了太大的傷害。況且，還有最後一波潛伏在地底下，暗靈不全部爆發出來，暗潮是不會停止的。」

在如此近的距離下，眾人赫然發現歌薇雅本就蒼白的皮膚如今更是白得近乎透明，數也數不清的細密白線布滿她的全身。

指尖、手掌、手臂、肩頸、臉龐……到處都能瞧見白線的痕跡。

歌薇雅簡直像是由無數微小碎片拼組起來的瓷娃娃，只要稍稍用力，那些碎片就會徹底失去黏性，嘩啦啦地破碎滿地。

伊迪亞面露震驚，他從未見過暗夜族身上出現此種異狀。

「最有效的辦法，必須靠聖蛇將暗靈完全吸收，和它體內的光靈融合一起。只要聖蛇成為完全體，它就能做到。」歌薇雅露出了微笑，「你們知道，聖蛇該如何迅速成長嗎？」

「讓它吃更多的發光小菇？」翡翠問道。

「那太慢了，更不用說發光小菇根本收集得還不夠……」歌薇雅說話的語氣變得更輕更緩，好似隨時會消散在風中，「擁有最多光靈的存在，就是壽命到了盡頭的暗夜族啊……」

誰也沒想到歌薇雅會驟然出手，她明明看起來已疲倦不堪，卻在下一秒爆發驚人速度。她動作迅若雷電，一手扣住想拔劍的伊迪亞，另一手指尖朝伊迪亞頸間一處猛力按下，讓他短時間內失去行動能力。

伊迪亞只覺全身一麻，手腳像有千斤重，一時半會間居然無法順從自己意志行動。

「但我說的可不是你，蠢孩子。」歌薇雅嘆氣地推開伊迪亞，看他像根硬邦邦的木頭倒下，「也不是族裡的其他人。你們都還太小了，而我，已經活夠久了。」

伊迪亞面色慘白，從歌薇雅的話語中嗅到了不祥。他想要大聲阻止，想要從地面爬起來，但他的身體始終不肯聽他指揮。

那雙如天空蔚藍的眼睛裡流露出哀慟，只能眼睜睜看著個子嬌小的前女王站起。

歌薇雅慢條斯理地把凌亂的長髮撥好，她的一舉一動相當緩慢，看似優雅，其實是已處於油盡燈枯的狀態。

「不管用什麼方法，請替我拖延幾分鐘，拜託你了，來自外地的客人。」歌薇雅側過臉，勾出了蒼白但堅毅的笑意。

翡翠他們很快就明白歌薇雅爲何會這麼說了。

褪成淡黃色的光網在下一瞬消失殆盡。

沒了結界的阻擋，暗靈瞬間獲得自由。

它們化成驚人的黑色大浪，以可怕的速度往前衝刺，黑暗間的螢光光點跟著迅速壯大。

暗靈轉眼成了螢火鬼獸。

牠們發出彷如嬰兒的尖銳啼哭聲，強壯的雙腳急促邁動，勾爪在地面戳出凹坑，凡是阻礙在牠們面前的東西都會被粗暴地撕裂、踩裂、咬裂、啃裂。

「珍珠，交給妳了！」翡翠腦子動得飛快，抽出隨身攜帶的字條塞進珍珠手裡。

「了解。」珍珠溫吞地握住那張紙，不讓人看清上面只是單純的鬼畫符，白嫩的掌心前端旋即迸發出大量光點。

這幕落在伊迪亞眼中，只會以爲珍珠是利用字符才能在極短時間內使用魔法。

在螢火鬼獸衝撞過來的前一刻，潔白的鐘形光罩平空浮現，將眾人全包覆在內。

螢火鬼獸大軍爭先恐後地直奔向彩虹河。

本就薄弱的虹霧刹那間被撕裂，所有景色瞬時一覽無遺。

彩虹蛇仍在全力絞殺河中的暗靈。

暗夜族和螢火鬼獸之間的戰鬥進行得如火如荼。

然而只要這波螢火鬼獸渡河而過、最後一批暗靈爆發，看似僵持不下的局面就會瞬間改變。

螢火鬼獸沖刷過大地，不停撞上珍珠架起的淡白防護罩，發出沉重音響，那一張張醜惡的面孔像是觸之可及，令人望之生畏。

在牢固的防護罩中，歌薇雅閉上眼睛，遍布在她肌膚表面的白線泛出白光。光芒像是從縫隙深處鑽湧出來，密密麻麻的光線彷彿要將嬌小的身軀撕扯得四分五裂。

隨著白光將歌薇雅整個籠罩，她的軀體也終於到了極限，霎時從指尖開始化成齏粉，撲簌簌地向下掉落，卻又在即將觸地之前幻化成螢白光點，冉冉飄浮起來。

「如果碰上席維若拉，順便幫我轉達一句……她做得挺好的，是我的驕傲。」

歌薇雅清冷稚氣的聲音散逸在翡翠他們耳畔。

僅僅須臾之間，曾經的暗夜族女王就再也不復存在。

所有螢白光點匯聚一起，宛如一束流星，迅雷不及掩耳地竄出了珍珠的防護結界。

它們越過大地、越過爭先恐後的暗靈、越過想要蹂躪一切的螢火鬼獸，直到沒入彩虹蛇體內。

剎那間，時間像是被按下靜止鍵。

彩虹蛇停住絞殺暗靈的動作，它像座凝固的雕塑，似乎連暗靈爬上它的身軀、對它撕咬抓扯咬囓都未覺。

可僅僅一秒半，時間又回復流動。

凡是在彩虹河畔的生物都親眼目睹了異象的發生。

彩虹蛇鱗片下溢出華麗光彩，已長達數十公尺的蛇身猛然再次暴長，令人想到彩虹的龐大軀體一口氣佔據了整條暗夜族的聖河，將河道塞得滿滿。

來不及閃避的暗靈或螢火鬼獸被巨獸碾壓成一團血肉模糊。

彎彎繞繞的托耶庇里斯河，這下與它的別稱是名符其實了。

——彩虹河。

簡直像天降彩虹，將浮光密林周遭山頭全都圍繞住。

「這可眞是……有趣。」縹碧嘴角勾起，他想看得更仔細，於是脫出光罩，毫不猶豫地追隨著令他感興趣的事物而去。

彩虹蛇抬起它巨大的頭顱，衝著昏黃天幕吐出舌信，嘶嘶的聲響被放大無數倍，重重地撞進所有人耳中。

伴隨彩虹蛇發出的嘶叫聲，它宏大的身軀竟從輪廓開始淡化。相反地，它的鱗片越來越亮，耀眼奪目，最後沖天而起，形成遮空蔽日的光幕。

紅、橙、黃、綠、藍、靛、紫，七種光華交織閃爍，宛如巨大的光之簾幕，在天空底下晃曳出漣漪般的波紋。

所有沾到虹光的暗靈和螢火鬼獸眨眼化爲灰燼。

翡翠睜大眼，倒映入眼中的瑰麗光浪，就好像是他原世界的極光。

美極了，也震懾人極了。

第11章

密林一角，外觀猶如畸形蝙蝠的魔物猛地撲了過來，帶起一陣刺鼻腥風，還能清楚見到牠駭人的尖牙，每一顆都鋒銳得可以輕易撕碎獵物。

面對離自己極近的螢火鬼獸，漢娜反射性閉上眼，用力抱住懷中沉睡的蘿麗塔，害怕地尖叫出聲。

葛萊特眼中掠過厭煩，他緊握利劍，展現出凌厲凶狠的技巧，在危急之際從螢火鬼獸爪下救回漢娜。

「自己找安全的地方待！這種小事妳難道不會嗎！」葛萊特本想把人往後一拋，可思及漢娜還抱著珍稀的暗夜族公主，他及時按壓住衝動，但仍是有幾分粗魯地將人拽到身後。

「叔叔我……」漢娜慌忙吞下湧上喉頭的哽咽，可眼眶已控制不住地泛起一圈紅。

「閉嘴，沒聽到我說的嗎！」葛萊特大聲斥罵，要不是看在漢娜還有用處的份上，他早就把這拖油瓶扔下了。

朝安德魯和半路碰上的艾曼達使了一記眼色，三人合作無間地包夾其中一隻魔物。

葛萊特的武器是鋸齒劍，劍刃兩側呈鋸齒狀，只要攻擊至目標身上，就會留下多道深可見骨的傷口。

趁兩名同伴拖住螢火鬼獸的行動，葛萊特舉劍劈下，卻沒有擊中實物的觸感。他瞪大眼，眼中無法抑制地浮現迷茫。

不僅葛萊特難掩錯愕，艾曼達與安德魯也面露震驚，幾乎懷疑自己是不是眼花產生了幻覺，才會看到螢火鬼獸在瞬間消亡。

足足有成人高的漆黑魔物就像遭到風化的雕塑，彈指間成了流沙滑落。

一、二、三、四，堵住他們幾人去路的四隻螢火鬼獸同時發生相同狀況。

疑惑只在葛萊特腦中盤旋一瞬，就被他果斷地拋下，擋路的麻煩能自動消失是再好不過。

「走了，加快速度！」葛萊特催促眾人，瞥見漢娜似乎還沒從驚惶中緩過來，走路仍是跌跌撞撞，他眉間閃過一抹不耐，「艾曼達，把漢娜抱起來，節省大家的時間！」

「叔叔對不起……我可以自己走的！真的，我會努力！」漢娜敏感地發覺到葛萊特眼中的厭棄，巨大驚恐湧上，她急忙地邁動步伐，想證明給葛萊特看。

要是從此被叔叔討厭了，那她以後要怎麼辦？她不想要無依無靠的……

葛萊特連一絲注意力都不想再分給漢娜，頭也不回地往他們的目的地走去。

「乖小孩要安靜聽話才可以，漢娜妳都沒做到啊。」艾曼達輕易地挾抱起漢娜，看向漢娜的眼神依然含著笑意，可最深處卻透出薄涼的嘲諷。

「我、我會乖……我……」漢娜驀地閉上嘴巴，想用行動來證明她聽話又乖巧。她把抽噎聲用力嚥下，雙手不自覺地把蘿麗塔抱得更緊更緊，似乎全然忘記懷中人只是肖似洋娃娃，但並不是真的洋娃娃。

「把這位小公主交給我吧。」艾曼達不管漢娜的意願，將昏睡的蘿麗塔從對方手中抽出。

「蘿麗塔是我的！」漢娜忙不迭地掙扎，拚命伸出雙手。

「漢娜，妳又忘記我剛說過的嗎？」艾曼達笑意消失，「妳這樣吵鬧，老大可是會不高興的。」

漢娜雙手頓時垂下，臉上也浮出畏怯。

葛萊特很滿意身後的安靜，可思及他們沿路上耽擱的時間，忍不住又沉下臉，惱怒地咂了下舌。

現在只希望暗夜族別那麼快發現他們的行蹤，否則一切心力都白費了。

葛萊特回過頭，陰狠的目光在觸及蘿麗塔時，抑制不住的貪婪瞬間溢出，他可沒想到這一趟的運氣會那麼好。

原本只是想藉著做委託的名義混進浮光密林，暗中抓個暗夜族孩童，結果漢娜帶給了他意想不到的驚喜。

金黃色的蝙蝠翅膀，那可是暗夜族王室的象徵。

比起普通的暗夜族，一個公主絕對會更加値錢，說是價值連城想必也不為過。

畢竟暗夜族孩童的指甲，在黑市中堪稱是珍品的存在，它們是打造頂級防具和武器的最好素材。

就葛萊特所知，黑市已有不少鍛造師和魔法師開出對暗夜族幼童指甲的高額賞金。

唯一麻煩的是……

葛萊特看著紫髮小女孩緊閉的雙眼，恨不得那雙眼睛能趕緊睜開。指甲一定得在身體主人清醒時候拔，否則拔下的指甲只是一堆沒用的廢棄物，沒有半點效用。

葛萊特他們也曾經不信邪，但換來的結果只是白忙一場。

「老大，要是等我們到了地方，那小鬼還不醒的話……」安德魯湊近，低聲提出他的擔憂。

「到時再說。」葛萊特這麼回應著，但心裡已有決斷。人都在他們手上了，要他無功而返，那是不可能的事。逼不得已就把人一起帶走，洞內的猶他海百合就是爲了能隨時逃離而準備的！

到時暗夜族就算想追捕他們，也要看對方有沒有那個能耐。

葛萊特快速且謹慎地行進著，隨時留意周遭動靜，確保附近沒有暗夜族或其他人。

原本按照計畫，應該是由艾曼達帶著漢娜和暗夜族公主先前往那個洞窟等候。偏偏她的翅膀出了問題，直接從她背上隱沒，連帶地也讓她失去了飛行能力。

在途中碰上艾曼達的時候，葛萊特便有些懊惱自己的失算，他應該讓對方先步行一段路，之後再使用翅膀的。

艾曼達體內有著稀薄的獸人血脈，可以讓她化為灰翎小鳥，也能讓她以人形姿態展現出一雙翅膀，可缺陷就在運用時間上有著嚴苛的限制。

假如是純種獸人，就不會有這個問題。

如今冬狼冒險團一行只得竭盡所能，趕往他們偷偷餵養猶他海百合的地方。

漢娜被艾曼達抱在臂彎下，這其實是個不舒服的姿勢，劇烈的晃動讓她小臉蒼白，但她不敢出聲抱怨，只能大力地眨動幾下眼睫，想把湧上的淚意和委屈都逼回去。

漢娜以為他們是要回掠影村，可隨著他們不斷前進，她發現兩旁景象越來越陌生，越來越深入林中。

太多疑惑積聚在她的胸口，幾乎要衝出喉嚨，但她的嘴唇緊緊地閉著，深怕發出丁點聲音會被葛萊特厭惡。

「老大，你看那邊！」安德魯突然出聲，他扭過頭，黃銅色的眼裡寫滿驚奇。

葛萊特和艾曼達順著他指的方向望過去，漢娜也下意識睜眼。她瞪圓眼睛，瞧見遠方有絢爛的七彩虹光閃爍，有如光帶飄逸，佔據了半邊天際。

那美麗的顏色就好像是……

「彩虹……」

漢娜忽然想起來，蘿麗塔曾說過要帶她去彩虹河看彩虹。

等叔叔他們把蘿麗塔送回去後，她們一定還能再一起去看的吧。

因爲她們是最要好的好朋友了。

✣✣✣

虹色光幕籠罩整片天空，隨著風一吹拂，它也一塊搖曳擺晃，盪漾出一圈圈虹光，朝著四面八方沖刷過去，迅速漫過了浮光密林的每處角落。

只要有暗靈或螢火鬼獸存在的地方，虹光就會追尋而至。

前一秒還面臨生死關頭，下一秒暗夜族就發現面前的螢火鬼獸直接瓦解，成爲一地灰燼。

守衛隊、巡邏隊和女王親兵面露呆滯，一時難以理解發生什麼事。

他們茫然地看著面前空地，像是畸形蝙蝠的魔物確實消失得無影無蹤，就好像打從一開始根本不存在。

就連女王席維若拉也反應不過來，她下意識地伸出手，看見虹色光點如微風、如流水滑過她的指間。

她背後的金翼驟然一張，身影轉眼飛至高處。她佇立在一根枝椏上，即使面對螢火鬼獸也冷冷淡淡的銀眸這一刻顯現了吃驚。

席維若拉看見壯麗的虹色光幕充斥雲霄，她閉上眼再睜開，銀霜從眼珠中心外溢，浸滿整雙眼瞳。

視野內的景色同時轉換，繽紛色彩不再，取而代之的是深深淺淺的灰色調。

灰色的世界中，原本侵佔大範圍面積的暗紅正以極快速度消失。

席維若拉切換回原來的視野，她怔怔地遙望遠方。她不知道托耶庇里斯河那邊究竟發生了什麼事，也無法理解彩虹蛇是如何蛻變爲完全體。

她比誰都清楚，發光小菇中的光靈數量杯水車薪，暗潮又提早出現，那些倒入河中的發光小菇最多只能增添聖蛇的力量，但遠遠不到讓它蛻變成功。

既然如此，聖蛇又是爲什麼會……

席維若拉依舊想不透，可一股酸澀卻無來由地從心頭湧上，繼而化成淚水，在眼眶處打轉。

濕意刺痛席維若拉的眼睛，她忍不住一眨眼，風中這時挾帶一波光點襲來。

它們在靠近席維若拉的時候放慢速度，光點中勾勒出隱隱的人形，一雙手探出，在觸及她的面龐時又霍然消逝。

光點又從席維若拉身邊遠去。

盛於眼中的淚珠不自覺滾落，滑過暗夜族女王蒼白的臉頰。

「母親……？」

燦爛的七彩光幕覆蓋遠方，柔軟如薄紗的虹光則跟著風一起飄進了浮光密林各處。

包括座落在東南側的暗夜族宮殿，亦迎接了虹光的到來。

紅髮女法師聽見外頭的歡呼，她急急地站起身，黑色蝠翼即刻張開，迫不及待地飛竄到一扇窗戶前，對著宮殿外的守衛大叫。

「發生什麼事了？」

「有奇妙的光飄過來，像霧氣一樣……」守衛興奮得幾乎有些語無倫次，「那些光霧一碰上螢火鬼獸，就消失了！螢火鬼獸化成灰一樣地消失了！」

面對這突然逆轉而來的勝利，饒是素來面無表情的暗夜族也難以控制情緒，喜悅染上他們的眉眼、嘴角。

「真的？」佩琪不敢置信地問，直到得到了更多肯定的答覆。

她的內心不禁一陣恍惚，可表面上仍維持著冷靜。她鎮定地關上窗戶，轉過身，然後大大的笑容躍於她的臉上。

「殿下！殿下！暗潮被阻止了！螢火鬼獸消——」佩琪一路奔向蘿麗塔的寢室，想立刻通知對方這個好消息。

可當她推開公主寢室的大門，迎接她的只有一室冷清。

沒有蘿麗塔的身影。

甚至就連那個叫漢娜的人類小女孩也不見行蹤。

她們就像平空消失一樣。

佩琪的欣喜剎那間被凍住，剛才還浸泡在喜悅的心臟瞬間像被無形大手用力掐緊。

「殿下！」她強壓下驚惶，在寢室內高聲呼喊蘿麗塔，同時四處尋找不對勁之處。

最後她的目光落至寢室裡那扇半開的窗戶，還有掉落在窗前的幾根灰色羽翎。

她一個箭步衝上前，在窗台位置看見一枚淺淺鞋印──屬於成年人的鞋印。

這表示曾有外人入侵！

驚懼和憤怒同時衝上，令佩琪頭腦發熱，卻沒有燒去她的理智。她緊緊地攢住拳頭，眼裡是沸騰的殺氣。

佩琪了解他們的小公主，雖說她天真傻氣，還常有令人哭笑不得的言行舉止。可她也懂得事情的輕重緩急，絕對不會在這種緊急時刻故意躲起來，讓人爲她擔憂。

就算是面對心懷不軌之人，她也能憑靠一己之力做出反抗。

但這個房間內到處都沒有看見掙扎的痕跡。

蘿麗塔只怕是陷入了睡眠期。

而當時唯一還清醒的就是漢娜，如果連漢娜都沒有向外求助或發出任何警示，這只說明了一件事。

那個入侵者，是她認識的人。

「冬狼……冒險團！」

✣✣✣

七彩虹光一波波地沖刷而過，漫淹過托耶庇里斯河、漫淹過浮光密林、漫淹過所有螢火鬼獸和暗靈存在的角落。

醜惡的魔物無一不化爲灰燼，消失得無影無蹤。

大河對面的暗夜族愣愣地看著那美麗奪目的光帶，他們佇立原地，像一根根蒼白的柱子，短時間內難以從這份震撼中回過神。

不知不覺中，絢爛的波紋漸漸淡去，最後只餘河中的光帶仍在漂浮……

翡翠仰得脖子都痠了，剛要低下頭，腦海中倏地躍出一道如今稱得上熟悉的聲音。平板，無機質。

那是世界意志的聲音。

「任務發布，請在夜色降臨前，將彩虹河的金幣撈起。」

「什麼鬼？」翡翠顧不得世界意志的聲音是在腦中出現，頓時失聲喊出質疑，「爲什麼還是彩虹河？河裡根本……」

「翠翠？」瑪瑙拉拉翡翠的衣角，金色的大眼睛寫滿憂心。

翡翠連忙對兩名小精靈露出安撫的微笑，隨後也不管腦子裡的那個聲音是代表法法依特大陸的意志，劈里啪啦地直接開嗆。

「彩虹河哪來的金幣？彩虹蛇肚子裡本來有一大堆，那些你都沒說要撈。現在蛇沒了，蛇肚裡的金幣也沒了，只剩滿天光帶而已，你是要我撈什麼？」

世界意志不說話。

世界意志又消失了。

法克！幹！翡翠忍不住在心裡用兩種語言罵了髒話。

「斯利斐爾！世界意志是痴呆了嗎？」既然對方已讀不回，翡翠乾脆猛烈敲打斯利斐爾的腦中頻道，要他這個眞神代理人說明清楚，「我這壓根就沒看到……」

「世界意志的任務都有其理由。」斯利斐爾冷淡如昔，「您需要耐心、聰慧，還有一顆有用的大腦。」

「你這是趁機罵我吧，別以為我不……」翡翠忽地消音。

成片虹色光帶剎那間如同一戳即碎的泡泡，「啪」地破碎為成千上萬的碎片。那些碎片形狀統一，皆是沒有稜角的圓形。虹彩褪去，只留金色，簡直像是大大小小的發光金幣從天而降。

翡翠呆愣地看著這一幕，下一秒他帶著兩個小精靈拔腿狂奔向彩虹河。

「翡……翡翠？」伊迪亞還在努力從麻痺的狀態中脫離出來，只見翡翠無預警地往彩虹河的方向跑，「翡翠！」

翡翠把伊迪亞困惑的呼喚拋到後方，他迅速俐落地滑下河岸，往前一伸手，紛紛落下的光幣被他接住，一轉眼就沒入掌心底下。

「瑪瑙、珍珠！」翡翠可不認為單憑自己有辦法將這些多得像能砸死人的「金幣」全吸收完。

兩名白髮小精靈跟著探出手，讓金光閃閃的圓形碎片進入他們體內。

但新的問題隨之而來，彩虹河那麼長，他們不可能每個地方都顧到。就算這時候再喊上珊瑚，她也只能負責其中一小片區域而已。

眼看越來越多金幣落入河裡，似乎都要白白浪費，翡翠猛地想起，世界任務是撈起彩虹河中的金幣……既然用了「撈」這個字，是不是就表示……

翡翠不假思索地把雙手探入水裡，那些飄至水面的金色碎片瞬間像受到了強烈的吸引，一波波地朝他靠近。

見狀，瑪瑙和珍珠也模仿翡翠的動作，跟著高效率地吸收起水裡的金光。

「斯利斐爾，快帶著珊瑚到彩虹河旁邊，隨便哪段都可以。只要讓她把手伸入水裡，就能自動從水中吸收那些金光閃閃的東西。」翡翠趕緊向斯利斐爾說他的發現。

「那是能量。」斯利斐爾語氣很平淡，甚至還有一絲鄙夷。

「咦？」

「光靈與暗靈徹底融合在一起了。希望您貧瘠的腦袋能好好記住，所謂的光靈、暗靈即是光明與黑暗，而這兩種元素，便是組成世界的基礎。」

「也就是說，和吸收碎星的概念差不多？都是回饋給世界和眞神的能量？」翡翠反應快，馬上推測出來，「還有，我腦袋的內容物可是豐富得很。」

「吃的可不算什麼豐富內容物。」

「連熱騰騰的蜂蜜舒芙蕾厚鬆餅也不算嗎？它佔了我腦中最大位置呢。」

翡翠等了一會都沒等到斯利斐爾的回應，他愉快地把這認定是自己的勝利。

「翡翠，你在做什麼？」伊迪亞拖著還有些不靈活的身子走過來，素來明亮的藍眼睛染著淡淡哀傷，讓那張英俊面孔黯淡不少。

即使危害他們一族的災難已被消弭於無形，然而他們的前女王也因此犧牲了自己。

他拿出哨笛，吹了幾個短促的音節，要自己的同伴們展開巡邏，確認是不是還有僥倖逃過的漏網之魚。

「沒事，別理我，你也去做自己的事吧。」翡翠頭也不回地擺擺手。

就算翡翠這麼說，伊迪亞還是克制不住好奇心地湊過去一看，只見恢復碧藍的水面漂流著無數大大小小的金黃光片。

而在那一片浮浮沉沉的金澄色之中，有個繽紛物體格外顯眼。它的外觀呈橢圓，表面七彩斑斕，簡直像纏繞絢麗的彩虹在上面。

伊迪亞定睛一看，下一瞬倒吸了一口氣。

那是一顆彩虹色的蛋！

就和書裡記載的聖蛇之蛋一模一樣！

顧不得去在意翡翠此刻的行爲，伊迪亞立即張開黑翅，飛快地衝向河面，距離一拉近便壓低身勢，在那顆蛋漂遠之前精準撈起。

與此同時，還在忙著撈金幣的翡翠冷不防又接收到來自斯利斐爾的訊息。

「主人。」

翡翠被這稱謂嚇得險些手一抖。

這兩個字雖然被唸作「主人」，但翡翠心裡清楚得很，若它們被斯利斐爾寫出來，就是「智障」兩字。

而且每次聽他這麼一喊，估計都沒好事發生。

「您得過來在下這裡一趟了。」斯利斐爾聲音毫無起伏地說道。

「什麼？怎麼了？」翡翠不解。

「繁星冒險團臨時接到一個新委託。」斯利斐爾冷淡地看著攔在他們面前的紅髮女法師，「蘿麗塔被綁架了。」

誰被綁架？

翡翠高速轉了大半天的腦子一時半會反應不過來，等到斯利斐爾那邊平鋪直述地重複了一次，他才領悟到那個人名指的是誰。

蘿麗塔被綁架了？

見鬼了，暗夜族的小公主怎麼會突然被綁架！

「在下需要您做出決定，接下，或是不接下。」斯利斐爾詢問著翡翠的意見。

翡翠揉揉額角，有些討厭一堆事擠在一塊。

去找蘿麗塔，可能就沒足夠時間撈金幣。不去找，他的良心……照理說殺手也沒什麼良心的，但想到蘿麗塔那張傻乎乎的笑臉……

翡翠覺得他良心不痛，最多是心中也許會產生一點疙瘩。他又低頭看了一眼瑪瑙和珍珠，默唸幾次「要當個好榜樣」，當下有了決斷。

「接，我們這就過去，把你們的位置傳給我。」翡翠把兩名小精靈放回包包裡。

他看向人飛到彩虹河上的伊迪亞，想想還是盡一下傳遞消息的義務，「伊迪亞，佩琪說你們公主被綁架了！你趕緊通知你們女王，我去找佩琪！」

伊迪亞和翡翠他們離得遠，可暗夜族聽力靈敏，依舊被他捕捉到風中的話語。理解過來的伊迪亞心驚膽裂，劇烈的情緒甚至影響他的飛行，差點就在空中失去平衡。他急忙穩住身子，抱緊懷中的蛋。

剛一回頭，卻被乍然現身的人影擋住了視線。

嚴格來說也沒有完全被擋住，畢竟那人影是半透明的，透過那具身軀還能見到更後邊的景象。

是縹碧。

眼上蒙著紅布條的黑髮少年攔住了伊迪亞，他一貫我行我素，對於伊迪亞臉上的焦急如焚更是視若無睹。

「我在那做了記號，照你們那位女王的說法，裡面的東西有很大可能是造成這次暗潮提前爆發的原因。」縹碧抬手一指，遠方斜斜地插著一根樹枝，「那東西太髒了，我不想帶身上，所以乾脆又埋回去了。」

伊迪亞心頭一跳，想要再問清楚一點，縹碧本就薄淡的身影卻已完全消逝，找不到蹤跡。

而此刻翡翠他們也早已遠去。

伊迪亞咬咬牙，最後心一橫，以最快速度飛至了縹碧做記號的地方。他一把拔掉樹枝，往底下使勁挖掘。

好在東西沒有埋得太深，伊迪亞一下就從土裡挖了出來。

還不只一個。

那是兩顆製作成星星模樣的糖果。

或者該說是一個半，因爲有一顆形狀不完整。

在伊迪亞的記憶裡，這一顆半的糖果應該是晶瑩剔透，彷如晶體雕刻而成。

可是現在，它們就像被蛀爛的牙齒，被黑色佔據得坑坑窪窪。

伊迪亞只覺自己的胃袋像被塞滿冰塊，顫慄如一陣閃電竄過全身。他急促地喘著氣，彷彿燙手般把東西猛然丟下。

他與佩琪曾陪伴蘿麗塔。一起把這一顆半的糖果種下去。

而另外半顆……就在蘿麗塔的肚子裡。

尾聲

翡翠最後還是決定兵分兩路，一邊由斯利斐爾帶著瑪瑙和珍珠到彩虹河吸收「金幣」，另一邊負責追緝冬狼冒險團。

趕往與斯利斐爾會合的途中，翡翠已先從腦內的特殊頻道得知佩琪委託的始末。

誰也沒想到蘿麗塔竟然會被冬狼冒險團趁亂帶走。

而從斯利斐爾口中，翡翠還得知了這夥人瞞著暗夜族，私下將猶他海百合偷渡進來，豢養在隱蔽的山洞中。

由此來看，冬狼冒險團顯然早有預謀，爲的就是能神不知鬼不覺地離開浮光密林。

「肯定是那個叫作漢娜的小鬼與他們裡應外合！殿下那麼相信她，還將她視爲好朋友……」佩琪面覆寒霜，手指緊捏法杖，彷彿恨不得自己捏住的是冬狼冒險團一夥人。

「哇咿！是翠翠、是翠翠，來咻砰一下！」珊瑚一看到整整有大半天不見的翡翠，馬上像隻興奮過頭的狗狗，也不管翡翠還離她有段距離，直接像枚炮彈對他飛撲出去。

然後中途就被斯利斐爾冷漠地攔截了。

斯利斐爾拎住珊瑚的後領，把她拎提在半空中，無視她不斷地掙扎撲騰，紅銅色的眼眸凌厲地掃向翡翠，「主人，在下告訴過您了，看看您把孩子們教成什麼樣了。」

「翠翠最好，也把我教得最好了，是有的人自己笨……」瑪瑙苦惱地皺著小臉，滿心為翡翠抱不平，「那是連翠翠也沒辦法改變的事，斯利斐爾你壞，才不是翠翠的問題！」

「誰誰誰？瑪瑙在說誰啊？」珊瑚困惑地東張西望，想找出瑪瑙指的「有的人」究竟身在何方。

「唉……」珍珠幽幽地嘆了一口氣，決定潛回包包裡，不想承認自己與珊瑚之間有關係。

太笨了，哪天笨到被賣掉怎麼辦？

斯利斐爾繼續用嚴峻的視線指責翡翠。

「重點是讓珊瑚趕緊為我們帶路吧。」翡翠早就修練得對斯利斐爾的目光視若無睹的工夫，他快速地點著名，下達指令，「珊瑚跟我和佩琪，紫羅蘭也一起。斯利斐爾你負責帶瑪瑙和珍珠。」

這下換瑪瑙眼眶泛淚，珊瑚則是開心大叫。

「耶！珊瑚大人跟翠翠一起！」

「翠翠我也要，我也想……我乖，你不要因爲我不乖不帶我……」瑪瑙的聲音滲出哽咽。

「瑪瑙最乖了，聽話。」翡翠飛快地解下包包，低頭親了瑪瑙臉頰一記，再連人帶包地交給斯利斐爾，「珊瑚帶路！」

「全部都交給最偉大的珊瑚大人！」珊瑚這次飛撲成功，神氣地站在翡翠的頭頂發號施令，「走囉！」

在珊瑚精神飽滿的指路下，一行人以最快速度趕到了藏有猶他海百合的洞窟前。

果然就如斯利斐爾曾提過的，在藤蔓和樹木遮蔽下，洞穴的入口被藏得隱密。假如沒有往前接近，恐怕不會留意到這片山壁上還開了一個洞。

佩琪一馬當先地衝進了山洞裡，她的眼睛在昏暗的洞穴內亮得驚人，令人想到蟄伏暗夜中的野獸。

她只希望她趕得及，就算事後因爲自己一時的疏忽遭到任何處罰也無所謂。

只要殿下……

只要她的殿下可以安然無事！

她在內心不斷向女王祈禱，向眞神祈禱。

紅髮女法師突然停住腳步，呆立不動，整個人像被抽去靈魂的木偶。

翡翠他們慢了幾步追上來。

「佩琪？」翡翠看見那道靜止的人影，詢問正要滑出舌尖，又被他驟然吞回去。

他們找到了地方，可迎接他們的，只有散落一地的鵝肝菇，還有多條用來綁縛魔物的鍊子。

眞神沒有聽見她的願望。

《我，精靈王，缺錢！05》完

後記

歡迎來到後記時間～～～

其實每次寫後記，都會覺得是比正文還要傷腦筋的存在XDD

總之，「精靈王」終於來到第五集了！

本集根本小天使大放送，從封面到拉頁，滿滿的蘿莉正太，太治癒了，也太香了！

上集只有珊瑚在插圖搶先露臉，這次三隻小精靈一起和大家見面了。

珍珠、瑪瑙、珊瑚，不曉得你們最喜歡哪一位小精靈呢？

如果讓我選的話，當然是全都要，小孩子才做選擇。

和前面四集相比，第五集可以說來到一個轉折點。

因此它也是目前「精靈王」系列中，第一本沒有當集故事告一段落的一集，結尾的伏筆直接會拉出第六集的事件。

同時，繁星冒險團首次接下了「解救公主」這種大任務。

劇情將會怎麼發展，當然是敬請期待第六集了。

剛寫完這集的時候，碰巧是聖誕節前後，那時陪伴我的聖誕大餐就是泡麵加一顆水煎包。

當時真的沒時間好好吃飯，不過完稿後就可以好好慰勞自己了。

甜點、咖啡、烤肉，努力學翡翠也要吃遍美食。

但是好像學不來翡翠的不怕胖體質，太讓人嫉妒了精靈王QQ

寫後記的這天，剛好再過兩天便要跨年了，二〇二〇年太驚心動魄，發生太多事，希望二〇二一年能順利許多。

對了對了，要是有什麼特別想看的後記內容，可以來粉絲團跟我說喔。

臉書搜尋「醉琉璃的新基地」就可以了。

絕對不是我想不出要寫什麼的緣故（欸

那我們下集見了！

醉琉璃

我，精靈王，缺錢！

Elf foods
and save the world!

【下集預告】

蘿麗塔被擄，下落不明。
為了尋找暗夜族小公主的行蹤，翡翠緊急調動幫手。
在冒險公會的協助下，線索終於浮出水面——
神棄之地的黑市。
然而被神遺棄的地方，不祥黑雪正緩緩飄下⋯⋯

闖黑市，找公主，救世界。
一切都交給讓人信賴的「繁星冒險團」！

〈所以我展開了拯救公主大作戰〉

2021年春末，敬請期待！

國家圖書館出版品預行編目資料

我，精靈王，缺錢！/ 醉琉璃 著.
——初版. ——台北市：魔豆文化出版：蓋亞文化發行，2021.01
冊； 公分.（Fresh；FS182）
ISBN 978-986-98651-6-6（第5冊：平裝）
863.57 109020679

fresh FS182

我，精靈王，缺錢！ 05

作　　者　醉琉璃
插　　畫　夜風
封面設計　莊謹銘
主　　編　黃致雲
總 編 輯　沈育如
發 行 人　陳常智
出 版 社　魔豆文化有限公司
發　　行　蓋亞文化有限公司
地址：台北市103承德路二段75巷35號1樓
電話：02-2558-5438　傳真：02-2558-5439
電子信箱：gaea@gaeabooks.com.tw
投稿信箱：editor@gaeabooks.com.tw
郵撥帳號 19769541 戶名：蓋亞文化有限公司
法律顧問　宇達經貿法律事務所
總 經 銷　聯合發行股份有限公司
地址：新北市新店區寶橋路二三五巷六弄六號二樓
電話：02-2917-8022　傳真：02-2915-6275
港澳地區　一代匯集
地址：九龍旺角塘尾道64號龍駒企業大廈10樓B&D室
電話：+852-2783-8102　傳真：+852-2396-0050
初版一刷　2021年 01月
定　　價　新台幣 250 元
Published and printed in Taiwan

ISBN 978-986-98651-6-6

魔豆

魔豆